TopBook
饕书客

一个人，遇见一本书

TopBook
饕书客

去年的树

[日] 新美南吉

『日本的安徒生』，日本20世纪最重要的童话作家之一新美南吉经典作品

离散的哀愁之美，与温暖、质朴、光明共存的斑斓世界

有善良与勇气，也有无奈与叹息

是纯净美好的乌托邦，也是悲欢离合的市井人间

王新禧 译

陕西新华出版传媒集团
陕西人民出版社

图书在版编目(CIP)数据

去年的树/（日）新美南吉著；王新禧译.—西安：陕西人民出版社，2020.12

ISBN 978-7-224-13896-2

Ⅰ.①去… Ⅱ.①新… ②王… Ⅲ.①童话-作品集-日本-现代 Ⅵ.①I313.88

中国版本图书馆CIP数据核字（2020）第263021号

出 品 人：宋亚萍
总 策 划：刘景巍
出版统筹：关 宁 韩 琳
策划编辑：王 凌 王 倩
责任编辑：晏 藜 张启阳
封面设计：哲 峰

去年的树

作　　者　[日]新美南吉
译　　者　王新禧
出版发行　陕西新华出版传媒集团 陕西人民出版社
　　　　　(西安市北大街147号　邮编：710003)
印　　刷　西安市建明工贸有限责任公司
开　　本　787毫米×1092毫米　1/32　6.875印张
字　　数　120千字
版　　次　2020年12月第1版　2020年12月第1次印刷
书　　号　ISBN 978—7—224—13896—2
定　　价　29.80元

译　序

新美南吉（1913年7月30日～1943年3月22日），原名新美正八，是日本昭和时代前期著名的儿童文学作家。他出生于日本爱知县半田町，是家中次子。其姓氏“新美”源自母亲家族，因母亲死后，父亲又在他八岁时与继母离婚，导致他不得不投靠生母娘家，从而改姓“新美”。而“南吉”本是他哥哥的名字，由于哥哥过早夭折，父亲便让正八继承了哥哥的名字，希望他能延续哥哥的生命。

新美南吉的童年，是在乡村中度过的。优美的乡野风光，造就了新美南吉童话温婉动人的底色。那些小山村、谷场、井台、山路、森林、可爱的动物、贫苦的农民，频频出现在他的作品中。

14岁时，尚读初中的新美南吉，开始创作童话、诗歌和童谣，并到处投稿，展现出他在儿童文学领域的天赋。1931年，他在岩滑小学担任临时教员，用业余时间创作了《正坊与大黑》，并在儿童文学杂志《赤鸟》上正式发表。这成了他在正规刊物上发表的童话处女作。1932年1月，《赤鸟》又发表了他的成名作

《小狐狸阿权》，从此，一颗文学新星，以其特有的清新自然的风格，在日本文坛升起。

由这时候起，直到去世，在短促的十一年时间里，新美南吉为全世界的孩子们写下了《买手套》《去年的树》《红蜡烛》《巨人的故事》《独角仙》《花树村和盗贼们》等一大批经典作品，脍炙人口，在日本文学界获得了不俗评价，并且被公认为天才型的童话作家。

然而，也许真的是天妒英才，20岁时，新美南吉的身体状况开始每况愈下，病情久治不愈。1936年，他虽以优秀成绩从东京外国语学校毕业，但因为身患结核病的缘故，不得不返回故乡执掌教鞭。在辛勤教导孩子的同时，他仍努力笔耕，在《新儿童文化》《小国民之友》等大型儿童文学杂志上发表了一批引起较大反响的作品，并出版了第一本童话集《爷爷的煤油灯》。就在他踌躇满志之际，命运的终极打击不幸降临。1943年3月，新美南吉终因咽喉结核而星陨光暗，当时尚不满30岁。在临终前，他对师母说："我的生命如此短暂……波纹才这么小，实在是遗憾，真不甘心啊……"

英年早逝的新美南吉带着无尽的遗憾走了，死后法名"释文成"，葬于现半田市公共墓地中的北谷墓地。在他短暂的一生中，总共创作了童话123篇、小说57篇、童谣332首、诗歌223首、俳句452首、短歌331首、戏曲14部、随笔17篇，还有一些只留下题目但没见到内容的作品。以不满30岁的年龄而留下如此多的作品，新美南吉的勤奋和才华也可见一斑。只可惜这么多的作品，大多是在他去世后才得以出版。日本文学界在随后相当长的一段时间里，将他遗忘了。直到1981年，由后世研究者精心编印的《校定新美南吉全集》（十二卷本）问世，才以此为基础，使他的作品不仅在日本国内广为流传，还远销海外，其中数篇经典名作被选进了中小学语文课本，还被改编为动画片，陪伴无数孩子度过了他们的童年。

作为20世纪上半叶日本最重要的童话作家之一，新美南吉和小川未明、宫泽贤治齐名，并有“北宫泽、南新美”之说。他的儿童文学作品，非常强调故事性，起承转合、曲折有致。他曾说：“应该想到童话的读者是谁。既然读者是小孩而不是文学青年，那么今日的童话就应努力回归到故事性来。”虽然这些作品大多篇幅短小，但文字生动、精练、婉约，极具人情味、极富想象力，其中蕴含着深刻隽永的哲理，为广大读者打开了一扇通往美丽心灵的窗户。二战后出现并活跃的日本儿童文学新派作家，大都把新美南吉看作是最值得推崇的前辈作家。

家乡的自然风土，造就了新美南吉非凡的感受力；身体虚弱、复杂的家庭环境和贫困、日本军国主义肆虐横行等特殊背景，又使得他在作品中寄托了浓浓的多愁善感。他善于用恳切温和的目光观察大自然与生命，并将感受倾诉于笔下。因此其童话的两大特点，就是对动物有着特别的感情，以及以善意和爱为基调的人本主义。一群或喜或悲、或愁或欢的小动物主宰着他的童话王国；一群天真淳朴的孩子在纸上见证着他的创作生活和心理变化。他用宽厚慈悲的情怀，为无言的动物们与弱小的孩子们，筑起一道道同情、尊重、关爱的护栏。

文字是作家心灵的一面镜子。透过新美南吉的文字，我们看到了色彩斑斓的图景，也感受到了作者对人世百态的感慨和无奈。由于少年时生活贫苦，青年时又碰上日本社会的剧变，他这样一个一心一意给孩子写故事的作家，难免与时代格格不入，所以我们在南吉的文字里，总能读出一点忧伤的况味，看到一些离散与哀愁的美。人生的艰辛与岁月的遐愁交织着，但这并不是其故事的全部，虽然那些孤独与不安、挣扎与彷徨、矛盾与苦闷不时出现在字里行间，但在忧伤的另一面，涌现更多的，则是纯净、质朴、真诚、温暖和光明。他也试图向读者传递生活中的快乐。他曾经说过："我的作品包含了我的天性、性情和远大的理想……假如几百年几千年后，我的作品能够得到人们的认同，那么我就可以从中获得第二次生命！从这一点上来说，我是多么幸福啊！"这就是新美南吉，有自己的色彩、有自己的声音、有自己的欢笑，也有自己的忧愁，无论何时都让人觉得亲切，就仿佛他还活在我们心中。而他善良透明的灵魂，也在作品中得到了永生。

本书以讲谈社《新美南吉童话大全》为底本译出。

王新禧

初版序于 2011年11月

修订版于 2020年12月

目录

2

3

去年的树

有一棵树，与一只小鸟是十分要好的朋友。小鸟每天都站在枝头，为树唱歌；树也每天都聆听着小鸟歌唱。

然而寒冬即将到来，小鸟必须跟树道别了。

“再见，小鸟！明年请回来，继续为我唱歌。”树说。

“嗯，一定回来，请等我！”

小鸟说完，展翅向南方飞去。

春回大地。田野和森林的积雪全融化了。

小鸟又飞回来了，来找它的好朋友——去年的树。

啊，这儿怎么了？见不到树，只有树桩留在原地。

“以前有棵树立在这里，现在去哪儿了？”小鸟朝树桩问道。

树桩答说：“伐木工拿斧头砍倒了它，之后运去山谷那边了。”

小鸟急忙向山谷飞去。

山谷深处有一座大型工厂，里面不时传出“嘎吱嘎吱”的锯木头声。

小鸟落在工厂的门上，问门说：“门先生，您知道我的好朋友树的下落吗？”

门答说：“树？它在厂里被锯成小细条，制成火柴，运去那边的村中销售呢。”

小鸟又急忙朝村子飞去。

村中一间屋里亮着一盏油灯，灯旁坐着位小姑娘。

小鸟问道：“您知道火柴的下落吗？”

小姑娘答说：“火柴全用完啦。不过由火柴点燃的火，还在灯里亮着呢。”

小鸟大睁着眼，注视着油灯的火苗。

随后，它为火苗唱起了去年唱的那首歌。火苗微微地跳动着，似乎十分开心。

歌儿唱完了，小鸟又默默地注视了火苗一阵子，接着张开翅膀飞走了。

买手套

寒冷的冬天，自北方而来，到达了狐狸母子居住的森林里。

某天清晨，小狐狸刚向洞外爬去，忽然“啊”地大叫一声，捂住眼睛，跌跌撞撞地滚回到妈妈身旁。

“妈妈，我眼睛里不知被什么东西扎到了，快帮我拔出来，快，快！”小狐狸叫道。

狐狸妈妈大吃一惊，登时心慌意乱，赶忙小心翼翼地扒开小狐狸捂住眼睛的手，仔细看了看，没有什么刺啊。狐狸妈妈跑到洞外瞧了瞧，明白了。原来昨晚下了一场鹅毛大雪，厚厚的积雪在明亮的阳光映照下，反射出刺眼的光芒。小狐狸以前从未见过雪，被白茫茫的雪地反光晃了下，误以为眼睛被什么东西给扎了。

小狐狸独自跑到洞外玩了。它在丝绵般柔软的雪地上飞跑着，蹦啊跳呀，扬起蓬松的雪末，像水花一样四散开来，在阳光下变成一道小小的彩虹。

4

突然，身后传来一阵“嘎吱嘎吱，哗——”的巨响，像面粉似的细雪，猛地向小狐狸盖下来。小狐狸吓坏了，急忙在雪地中滚出十多米远，逃了开去。怎么回事呀？它扭头望去，什么东西都没有。原来是枞树枝丫上融化的积雪，崩落下来。白丝线般的细雪，还在不时地从枝丫间飘洒而下。

过了一阵子，小狐狸回到洞中，向妈妈说：“妈妈，我的手凉冰冰的，都被冻麻了！”

说着，将两只冻得红扑扑、凉冰冰的小手，伸到妈妈面前。狐狸妈妈一边朝小狐狸的手上呵气，一边用自己温暖的双手焐住小狐狸的手，说：“宝贝乖，很快就会暖和起来的。只要雪一停，就暖和啦。”

狐狸妈妈嘴上这么说，心里却想：小宝贝的手要是生了冻疮就不好了。等天黑后，得去镇里给小宝贝买一副合适的毛线手套。

夜幕降临了，漆黑的天空，像抖开的大包袱皮，裹住了原野和森林。不过由于雪地太洁白了，无论夜幕如何包裹，仍然露出白色的雪光。

银狐母子来到洞外。小狐狸钻到妈妈的肚皮下，眨着一对圆圆的眼睛，一面走，一面好奇地东张西望。

走了一会儿，前方依稀现出一点亮光。小狐狸见了，问道：“妈妈，妈妈，星星怎么落到地上了？”

“那不是星星，”狐狸妈妈说着，感到腿肚开始打战，“那是镇子里的灯光。”

一望见镇里的灯光，狐狸妈妈顿时想起先前与朋友去镇里，遇到的那件可怕的事。当时，那个朋友不听狐狸妈妈的劝阻，一定要去偷居民的鸭子，结果被人类发现了，遭到人类围追堵截、拼命追打，好不容易才死里逃生，捡回一条命。

“妈妈，为什么站着发呆啊？快点走嘛。”小狐狸在妈妈肚皮下催促着说。

可是狐狸妈妈无论如何也不敢向前迈一步了。无奈之下，她只好让小狐狸独自去镇里。

“宝贝，伸一只手给妈妈。”狐狸妈妈说。

她握住小狐狸伸出的那只手，搓揉起来。过不多久，那只手就变成了一只可爱的、人类孩童的小手。小狐狸将小手又是张开、又是握紧，捏了捏，又闻了闻。

“妈妈，真奇怪呀，我的手是怎么回事？”小狐狸边说边借着雪光，盯着自己发生变化的手，反反复复地看。

“这是人类小孩子的手。宝贝，你到了镇里后，会看到有很多人家，记住，首先要去找门前挂着黑色大礼帽招牌的人家。找到后，就咚咚地敲两下门，说声‘晚上好’。这样，里面就有人把门打开一条缝，你把这只小孩的手从门缝里伸进去，说：‘请卖给我一副适合这只手戴的手套吧。’听懂了吗？千万不能把另一只手伸进去哦！”狐狸妈妈认真地叮嘱小狐狸。

“为啥呀？”小狐狸疑惑地反问道。

“因为人类如果知道你是狐狸，不但不会把手套卖给你，还要把你抓起来，关到笼子里。人类这东西，很恐怖呢！”

“咦？”

6

“记住，千万千万不可以伸出狐狸的手，瞧清楚了，要伸这只人类的手！”狐狸妈妈说完，将随身携带的两枚白铜币，塞到小狐狸那只人手的手心里。

小狐狸眼望镇里的灯光，在闪烁雪光的原野上，深一脚浅一脚、摇摇晃晃地走着。起初灯光只有一盏，接着就慢慢变成了两盏、三盏，后来增加到十余盏。望着点点灯火，小狐狸心想，这些灯和星星真像啊，有红色的、黄色的，还有蓝色的。

又走了片刻，小狐狸进了镇子。不过街道两旁的家家户户都已经大门紧闭。只有柔和的灯光，从高高的窗户里透出，洒在满是积雪的道路上。

商店门外的招牌上，都安装了小灯泡。小狐狸一边看招牌，一边找着帽子店。只见有自行车店的招牌、眼镜店的招牌，还有其他形形色色的招牌。有的招牌油漆刚刷上去，闪闪发亮；有的招牌像破旧的墙壁一样，某些地方已经剥落。小狐狸第一次来镇里，招牌上画的东西，都看不懂。

专卖帽子手套的店铺终于找到了。妈妈刚才非常详细地向小狐狸描述过画着黑色大礼帽的招牌，就挂在那里，闪着蓝色的亮光。

小狐狸按妈妈教的，上前“咚咚”地敲了两下门。

“晚上好。”

屋里响起窸窸窣窣的声音，等了一小会儿，门轻轻地开了一条寸许的缝儿，一束细长的灯光，投射到洁白的雪地上。

小狐狸被那束灯光晃花了眼，一时间慌了，竟然错将另一只手——那只妈妈千叮万嘱，不能伸出去的狐狸的手——从门缝里伸了进去。

“请卖给我一副适合这只手戴的手套！”

帽子店的老板十分意外，顿时愣住了：这手是狐狸的啊！狐狸想要买手套，说不定会把树叶变成钱来买呢！

于是老板说：“请先付款。”

小狐狸乖乖地将一直紧紧握在手心里的两枚白铜币，递给了帽子店老板。店老板用两只手指尖各捏住一枚铜币，互相碰了碰，铜币发出清脆的叮叮声。嗯，这不是树叶，的确是铜币。于是店老板从货架上取下一副孩子用的毛线手套，放到小狐狸手里。小狐狸礼貌地道了谢，沿着来时的路，往回走。

“妈妈说人类十分恐怖，但我不觉得呀。即使见到了我的狐狸手，也没伤害我呀。”它在心里想。

小狐狸很想瞧瞧人类到底长什么样。

于是，它走到一户人家的窗户下，听到里面传出人声。那声音既轻柔又甜美，充满了慈和温馨。

睡吧，睡吧，
偎依在妈妈的怀抱里；
睡吧，睡吧，
枕在妈妈的臂弯里。

小狐狸心想，这歌声一定是人类妈妈唱的。因为每当小狐狸犯困时，狐狸妈妈也是用这样温柔甜美的歌声，轻轻摇着它入眠。

接着，小狐狸听到一个人类小孩的声音："妈妈，这么寒冷的夜晚，森林里的小狐狸会不会也被冻得哭起来呢？"

人类妈妈的声音说："森林里的小狐狸呀，这时也在洞里，听着妈妈唱的歌，就要入睡啦。宝贝乖，快快睡。咱们来比一比，瞧瞧森林里的小狐狸和我的小宝贝，谁先睡着。我的小宝贝准赢。"

小狐狸听了这话，心里登时很想妈妈，急忙飞快地朝妈妈等待的地方跑去。

一直留在原地，已经冻得直哆嗦的狐狸妈妈，正焦急地等候小狐狸归来。一见到小狐狸的身影，立刻一把将它揽入温暖的怀中，禁不住喜极而泣。

狐狸母子迈步返回森林。月亮挂在天边，光亮照在狐狸的毛皮上，泛出银光。雪地上留下了一长溜蓝幽幽的脚印。

"妈妈，人类其实并不恐怖。"

"怎么说？"

"在镇里的时候，我错把狐狸的那只真手伸了出去。可是帽子店老板不但没抓我，还给了我一副十分暖和的好手套呢。"小狐狸一面说，一面把戴着手套的双手"啪啪"地拍给妈妈看。

"啊！"狐狸妈妈吃惊地嘀咕说，"人类真的那么善良？那么好吗？"

巨人的故事

巨人和他的母亲住在离京城十分遥远的某个森林中。

巨人的母亲是个令人畏惧的巫婆。她长着秃鹫一样高的鼻子，目光像蛇般锐利，非常可怕。

这个故事发生在某个月夜。

巫婆和巨人刚躺下准备睡觉，就听见外面有人在咚咚咚地敲门。巨人起床开门，只见两个女子陪着一位少女站在门口。

“这位女孩是本国的公主，我俩是她的侍女。今天我们陪公主到森林中游玩，哪知道迷了路，来到了这儿。请您无论如何，允许我们借宿一晚。”一位侍女说。

在里屋的巫婆用温柔的声音说：“请进吧，屋子虽然小了点，但也足够歇息了。”

于是，公主和侍女入屋休息。

次日清晨，当巨人醒来时，发现两个侍女竟然变成了黑鸟，而公主则变成了白天鹅。原来她们中了巫婆施的魔法。

巫婆不顾儿子的劝阻，将三只鸟由窗户扔了出去。三只鸟扑打着翅膀都飞走了，但是到了黄昏，白天鹅哀鸣着飞回了巫婆家。巨人十分同情她，便决定悄悄地收养她。白天巨人将白天鹅放飞原野；夜晚就让她在自己的床上休息。

时光飞逝，巨人渐渐长大了，巫婆也慢慢变老了。终于有一天，巫婆老得动不了了，只能每天躺在床上，传授儿子魔法。可是她传授的，全都是将人类变为各种鸟兽的魔法。

又过了些日子，巫婆越来越虚弱了，已经到了奄奄一息的地步。巨人心想，如果现在还不把怎么解除魔法的方法打听出来，那白天鹅就永远也无法变回公主了。于是巨人挨近巫婆的枕边，恳求说："妈妈，到目前为止，您传授给我的都是把人类变为各种鸟兽的魔法，但您还没有告诉我解除魔法的方法，请您现在就告诉我吧！"

"好，儿子，我这就告诉你。"巫婆气若游丝，声音细弱得像蚊鸣一般。

"妈妈，请您说得大声点！"巨人将耳朵凑到巫婆嘴边。

"那些人变成的鸟兽……只要流下眼泪……就可以……恢复从前的模样了。"巫婆断断续续说完，头一歪，去世了。

巨人将母亲的尸体放进一口白色的棺材中，安葬在椰子树下，然后带着白天鹅，离开了森林里的家。

巨人打算上京城。一路上，他费尽心思，想让白天鹅流下眼泪。忽而敲她的头、忽而拧她的腿，可白天鹅就是不掉一滴眼泪，只是悲凄地叫着。到最后，巨人觉得白天鹅实在是可怜，不觉用脸轻蹭起白天鹅的脸颊，眼眶中满溢泪水。

巨人昼夜不停地走着，在离家后的第七天，他终于到达京城。但京城里的人们，都知道巨人是那可怕巫婆的儿子，便想用间接的手段杀害他。某个男子被大伙儿推选为代表，来到国王的宫殿，对国王说："陛下，曾经有位见多识广的旅行者对我说，您的宫殿虽然壮观，但却没有大理石建筑，显得有点美中不足。请您下令建造一座大理石宝塔如何？"

"这想法棒极了。但哪里能找到大理石呢？"

"出京城后，一直向南走，翻过一座高山，再穿过一片沙漠，就会到达一个部落。那里有取之不尽的大理石。"

"是吗？可是派谁去呢？"

"目前在京城里的巨人最合适，他的个头与椰子树一样高，一步就能跨过一座小山丘。"

"那好，唤他来。"

巨人被带进宫殿，国王命令他去采运大理石。为防止他逃跑，还给他套上了一头拴在宫殿柱子上的长长的脚镣。

巨人说道："那么我出发了。"就带着白天鹅，向南方走去。他越走越远，缠绕在宫殿大柱上的铁链也越来越少。第十九天时，铁链全部用完，拴在大柱上的铁链另一端被绷得直直的。

刚好这时，巨人在经历千辛万苦后，终于到达了拥有大理石的部落。部落中人热情好客、亲切友善。他们让巨人随意搬运大理石，拿走多少都没关系。巨人挑了三块大理石，驮在背上，又让白天鹅落在巨石上，然后踏上归途。

京城中，人们见宫殿中绷紧的铁链松弛了，便一起往回拉铁链。由于驮着沉重的大理石，巨人花了三十天时间，才走回京城。

这次的辛劳跋涉艰苦而漫长，巨人的身体消瘦得像枯树一样。但人们并不同情他，不让他休息。国王强令他立刻在宫中庭院的喷泉旁，建造一座大理石宝塔。善良淳朴的巨人一点也不抱怨哀叹，遵照命令，没日没夜地用锤子和凿子敲打大理石，渐渐砌出宝塔的模样。

在巨人干活时，白天鹅就安静地待在他背上。巨人一边抡起锤子，一边像同人类说话那样，对白天鹅说："到底怎么做，你才会哭呢？啥时候才会流眼泪呢？要是不流泪，你就变不回以前的公主了。我非常同情你，希望你能尽快变回美丽的公主。"

白天鹅低着头，听巨人说完。可依然一滴眼泪也没有。

巨人的活儿干得很好，进展迅速。即使是在深夜，从越来越高的宝塔上，也会传出锤声，回响在京城上空。城中的人们每晚临睡前，都会打开窗户，抬头望一望巨人在塔上的身影。在那儿，像星星般明亮的灯光在闪耀着。

三个月过去了，巨人驮回的三块巨石全用完了，宝塔的高度也超过了宫殿中的任何建筑。但国王仍不满足，他命令巨人再到南方去运石，于是巨人又一次出发了。他依然拖着长长的铁链，带着白天鹅，在无边无际的沙漠中跋涉着，日复一日。终于，又驮回了三块大理石。

巨人一回到京城，就立即拿起锤子和凿子敲打大理石，继续造塔。

大理石宝塔越建越高。

即便在黑云密布、星月无辉的夜晚，巨人的灯光仍像星星般，孤单地在半空中闪耀着……

一个狂风呼啸的夜晚，京城里的人们，从窗户仰望石塔，发现那儿的灯光被风吹得忽明忽暗，摇摇晃晃。这时，人们才第一次感到巨人很可怜。国王也从窗口探出头，仰望石塔。在呼呼的风声间隙，可以隐隐约约听见巨人的锤石声。国王也不禁起了同情心，他自言自语地说："刮这么大风的晚上，还要他干活，确实有些过分了。而且他还是那么温顺。明天，就让他停止建塔吧！"

然而巨人还不知道国王的想法，仍在埋头苦干。如何让白天鹅流泪、变回公主的念头，一直占据着他的脑海。突然，他想到，要是自己死掉的话……

于是，他问在自己温暖背膀上熟睡的白天鹅说："如果我死了，你会不会难过？"

白天鹅立即睁开眼睛，不停地拍着翅膀，好像在说："千万别这么做！"

"你的意思是不准我死吗？如果是这样，我死了你一定会伤心流泪的。好，我现在就为你而去天堂吧！"

巨人站起身，将白天鹅从背上抱下来。白天鹅用嘴拼命地拉住巨人的衣襟，想阻止他。巨人最后蹭了蹭白天鹅的脸颊，告别道："那么，永别了，可爱的白天鹅，你一定要变回美丽的公主啊！"

说完，巨人从很高很高的塔上纵身一跃，摔在地上，气绝身亡。

白天鹅伤心极了，泪如泉涌。魔法在一瞬间被解除了，白天鹅终于变回以前那个美丽的公主。她不停地哭着，快步从高塔的楼梯跑下，冲进了父王的寝宫。

公主将迄今为止发生的所有事，都详细告知父王。国王听了，低下头向巨人的遗体深深致歉，同时表达了由衷的谢意。

随后，国王将此事的真相颁告全城。京城的人们也都流泪向巨人致歉。

人们用月桂树的叶子盖住巨人的遗体，把他埋葬在京城东面的沙丘上。

公主常常向父王和母后说：“其实，我希望自己永远是一只白天鹅，落在巨人的背上休息。”

每到黑云密布、星月无辉的夜晚，天空中就会出现一颗孤独的金星。南方国家的人们至今还会仰望夜空说：

“瞧，那是巨人的灯光。”

螃蟹的生意

螃蟹思考良久，终于决定开家理发店。它能想到这么个主意，实在不容易。

可是理发店开张后，螃蟹却感慨说：“这理发的生意，看来真清闲啊！”

原来，还没有一个顾客上门呢。

为此，螃蟹理发师带着剪刀跑去海边。那儿有只章鱼正在午睡。

“喂，喂，章鱼先生。”螃蟹打招呼道。

章鱼睁眼问道：“做什么？”

“我是个理发师，您要理发么？”

“你瞧清楚，我的脑袋上有头发吗？”

螃蟹认认真真地查看了章鱼的脑袋，那上面果然一根头发也没有，光秃秃的。不管螃蟹的理发技术多高明，面对光头也无从下手啊！

螃蟹只好又跑进山里。那儿有只狸猫正在午睡。

“喂，喂，狸猫先生。”

狸猫睁眼问道：“做什么？”

“我是个理发师，您要理发吗？”

狸猫生性喜欢恶作剧，于是动起了歪脑筋。

“那好，就帮我理理。但你要先答应一个条件，就是帮我理完后，也帮我爸爸理一理。”

“嗯，小事一桩。”

现在，螃蟹终于可以一显身手了。

咔嚓、咔嚓、咔嚓。

可是螃蟹的个头实在小，与它相比，狸猫真算得上是庞然大物。再加上狸猫浑身都长满了毛，所以理起来呀，速度十分慢。螃蟹嘴里不停地吐着白沫，拼命地剪啊剪，整整用了三天时间，总算给狸猫剪完了。

“那么，请按先前的约定，也帮我爸爸理一理。”

“您父亲有多高多大？”

“有那座山那么高大。”

螃蟹顿时傻眼了，心想：竟然有那么高大！单凭我自己，什么时候才能理完啊？

因此，螃蟹让自己的孩子们，统统去当了理发师。不光儿子那一代，连孙子、曾孙们，只要一出生，就都当上了理发师。

所以我们在路旁见到的螃蟹，无论多小，手里都拿着剪刀。

铁匠之子

这个小镇远离文明，坐落于斜坡之上，离海岸相当远。

而且它道路狭窄，仿佛永远都处于漆黑肮脏的状态中。路两侧屋宅挨挤，刷着白灰的屋檐挡住了微弱的阳光，大多数路人都感觉不到太阳，麻木地来来往往。

少年新次出生在铁匠家庭，父亲长期酗酒，母亲则在他年幼时便已去世。新次还有个哥哥，可惜是个傻子，年龄都很大了，还成天穿着小孩的衣服，混在附近的孩子堆里玩耍。哥哥名叫马右卫门，然而外人一向不叫他的大名，而是叫他“马”①。

“马，你听话不听话？”

“听话。”

“你要当什么？”

“大将。”

看着被嘲弄却依然蒙在鼓里，还一本正经地回答孩子们问

① 日文中，傻瓜的汉字是“马鹿”。此处故意叫“马”，有侮辱轻视之意。

题的哥哥，新次难过极了。那些小男孩经常欺负哥哥，把他推进水沟，所以哥哥的衣服时不时会很脏，每回都是新次帮他洗干净。

“哥哥。”新次明知自己无论如何叫哥哥，哥哥马右卫门都不会回答（除非大家都不再叫“马”），但他依然时常这么叫。面对傻哥哥，他多么希望有一天，自己喊一声“哥哥”，哥哥能回应自己啊！

新次去年小学毕业后，就开始帮父亲干活，而且还要代替妈妈，做家庭主妇的所有家务。这些辛酸的事，构成了他的主要记忆。

每当做完家务活，他就钻进冰冷的被窝里，想道：

如果妈妈还在，那该多好啊！如果马右卫门不那么呆，能帮爸爸握锤，那该多好啊！如果爸爸不再酗酒，那该多好啊！

但很快他就苦笑着摇摇头，否定了以上的幻想。“如果这些事都能成真，那世上就没有人不幸福了。”

父亲是一个不折不扣的酒鬼，哪怕手头还有工作，酒瘾一发作，也要踉踉跄跄地跑出去，买完酒后再面色发青、两眼无神地回来。喝得越多，面色越青、双眼越浑浊。即使在参加别人葬礼时，他仍在咕嘟咕嘟地喝酒，而后向沉浸在悲伤中的人们胡说八道一番。小镇里几乎所有人都对他很有意见。

父亲已年近六旬，是个老人了。他身形高大，喝酒后必躺倒大睡，但完全没有打鼾，就像死去一般。等醒来时，又会小声哭泣。每当这种时候，新次便有说不出的悲伤与苦痛。

曾有位年轻的学校老师，来过新次家一回，劝新次的父亲爱惜身体，不要再酗酒了。哪知新次的父亲却说："酒这东西有毒，毒性还大得很，而且难喝死了，又苦又涩，俺一直想戒掉，可怎么也戒不掉啊！"说完哈哈大笑，看上去空虚极了。

马右卫门回来了。他闷声不响，顺手将一根像铁栅栏一样粗的铁棍，塞进火炉中。新次正独自干活，没有去理会他。马右卫门抽出已经烧得红彤彤的铁棍，挥起铁锤砸了起来。铁锤每次落到铁棍上的一瞬间，他脖子上晒得通红的肌肉就急速收缩一下。新次见了，十分惊喜，一股像用力绞湿毛巾般的快感，传遍全身。马右卫门终于开窍了，他力气好大啊！

"你打算打造什么？"

"大刀。"马右卫门嘴里流出口水，呆呆地答道。

"大刀？你竟然想打造大刀？"

新次的感受，就像原以为捡到树的果实，结果不过是个空壳一样。他突然有了狠揍马右卫门一顿的冲动，但望着哥哥青筋直跳的脖颈，还是强忍住了。

因为横穿小镇的电车道工程开工，镇里来了不少朝鲜人，对打铁的需求也不断增加。新次家的铁匠铺，生意越来越好。

新次和父亲一起，拼命地埋头苦干。不过父亲酗酒依旧。

"爸爸，尽量别喝酒吧。酒有毒性，对您的身体不好。而且也影响工作。"这晚睡觉时，新次劝父亲说。

"说得对，酒有毒，又苦，但俺已经戒不掉了。所以你千万别学爸爸。"父亲说。

父亲忽然睁开眼，只见在昏暗的灯光下，马右卫门躲在被煤烟熏黑的神龛下喝酒。新次就像发现盗贼一样，不由自主地打了个哆嗦。柔和的灯光里，马右卫门的喉咙咕嘟嘟地蠕动着。今夜父亲由于身体不适而残留在酒壶里未喝完的酒，此刻正提在马右卫门左手中。

“马卫。”

就睡在新次旁边的父亲，忽然断喝一声，抬起头来。

马右卫门面色通红，转过脸来，吓得嘴巴都合不拢。

父亲气得肩膀上下耸动，呼吸急促，新次觉得恐怖极了。父亲狠狠地盯着呆头呆脑的马右卫门，颤抖的手臂上青筋暴现。

“马卫，你竟敢喝酒？”父亲摇摇晃晃地站起身，靠近马右卫门。

“你这个蠢货！”父亲大骂着，朝马右卫门的侧脸狠扇了一耳光。马右卫门登时止住了傻笑。父亲的呼吸越来越急促，看上去十分痛苦。

他正打算继续暴打马右卫门，新次拼命拦住他，说：“爸爸，马卫是个傻子，您打他没有意义啊！”

父亲眼皮一垂，颤声说：“嗯，马卫是个傻子！”

说完，又钻进被窝，蒙头大睡。

一场打闹下来，酒都洒了，马右卫门也去睡觉了。只可怜新次又要收拾一番，这才躺下休息。但他辗转反侧，一直无法入眠。

“新。”父亲小声唤道。

“嗯。”

“从现在起，我决定戒酒。”父亲在被窝中说。

从此以后，父亲果然滴酒不沾，但他的身体也一日坏过一日，终日缠绵病榻不起。

新次无奈，只能独自挥锤工作，父亲则日渐消瘦。因为他往日酗酒无度，没有任何朋友，所以无人来探望他。

新次一面挥锤，一面苦恼着：爸爸不会就此去世吧？要是他真的去世了，我该如何是好啊？况且马右卫门又是个傻瓜……

新次买来酒，坐到父亲枕头旁，唤道："爸爸。"

父亲晃了晃沉重的脑袋，应道："嗯。"

"我买了酒，您喝吧。"

"买了酒？新，为什么去买酒呀？"

父亲的声音有气无力。尽管是在斥责儿子，但眼中却泛着泪光。

"爸爸，喝吧。"

新次默默地从父亲枕边走开，跑回铁匠铺，将脸紧贴在黑色的柱子上，痛痛快快地大哭了一场。

这是一个远离文明，坐落于斜坡之上，离海岸相当远的小镇。

喜欢孩子的神明

有一位神明，十分喜欢小孩子。他经常在森林中唱歌、吹笛，和鸟兽们一块儿玩耍。有时候，他还会来到人类聚居的村子里，和他喜欢的孩子们一起嬉戏。

不过，这位神明从来没有现过身，孩子们对他毫不了解。

在一个刚下过大雪的清晨，原野上银装素裹，孩子们纷纷跑来游戏。其中一个孩子说：“我们把脸印到雪地上吧。”

于是，一共十三个孩子一齐伏低身子，把圆圆的小脸蛋印到洁白的雪地上。雪地上因此出现了一行圆圆的脸印。

“一、二、三、四……”

一个孩子开始数起脸印。

咦？怎么搞的？竟然有十四个脸印！总共就只有十三个孩子，不可能出现十四个脸印啊！

嗯，一定是那位从未现身的神明，此刻就在孩子们身旁。他和孩子们一道，将脸印到了雪地上。

顽皮的孩子们彼此交换了一下眼色，似乎在说：咱们来捉神明吧。

“来玩军队操练的游戏吧。”

“好啊，好啊！”

于是，由其中的孩子王当大将，另外十二个孩子当普通士兵，排成一列。

“全体注意。报数！”大将命令道。

“一。”

“二。”

“三。”

“四。”

“五。”

“六。”

“七。”

“八。”

“九。”

“十。”

“十一。”

“十二。”

十二名士兵报数完毕。紧接着，一个像玉石般清脆的声音喊道：“十三。”

可是，完全见不到报“十三”者的身影。

“快，就在那里，快来捉神明啊！”

孩子们大声叫嚷着，呼啦啦一下将第十二个孩子旁边的空位给围了起来。

神明慌了。要是被这些热衷恶作剧的孩子们给捉住，那麻烦可就大了！

神明急忙钻过那个个头最高的孩子的胯下，慌慌张张地逃回了森林。由于跑得太过匆忙，还跑丢了一只鞋。

这只尚留有神明体温的小红鞋，被孩子们从雪地上捡了起来。

“神明原来穿这么小的鞋子呀。” 伙伴们边说边笑。

从此以后，神明便不再轻易走出森林了。但他依然十分喜欢小孩子，所以只要遇到有孩子来森林中玩耍，他就会从森林深处发出友好的招呼声：“嗨——嗨——”

两只青蛙

绿青蛙和黄青蛙在田地的中央偶然碰面。

“呀，你身体是黄色的啊，这颜色真脏。”绿青蛙说。

“哼，你身体是绿色的，你以为这颜色好看？”黄青蛙说。

像这样开场的谈话，一定不会有好结果。两只青蛙不可避免地打了起来。

绿青蛙跳到了黄青蛙背上。这只青蛙特别擅长跳跃！

黄青蛙拼命蹬着后腿，扬起沙尘，令对手要时不时地去揉眼里的沙子。

就在这时，一阵寒风吹来。

两只青蛙登时想起，冬天很快就要到了。青蛙们必须钻进泥土里躲避严寒。

“等到了春天，咱们再一决胜负！”

绿青蛙说完，钻进了泥土里。

“这话可是你说的，到时别忘了！”

黄青蛙说完，也钻进了泥土里。

转眼寒冬来临。青蛙们冬眠的泥土上方，北风飕飕地刮着，地面上结起了冰柱。

随后，春天回来了。

在土中冬眠的青蛙们，察觉到背上的土层开始变暖和了。

绿青蛙最先睁眼醒来，跳到了地面上。其他青蛙都尚未出来。

“喂，快起来，现在是春天啦。”

绿青蛙朝土中大声喊。

黄青蛙听见了，也跳到了地面上，说：“哎呀，已经是春天了啊！”

“去年那场架还没打完，你没忘记吧？”绿青蛙问。

“等等，等等。先把这身泥土洗掉再说。”黄青蛙答。

于是两只青蛙来到池塘边，准备洗去身上的泥土。

池塘中都是清新的水，像柠檬汽水般碧绿透亮。两只青蛙扑通扑通跳入池中。

身体洗干净后，绿青蛙惊讶地眨巴着眼睛，说：“呀，你这身黄色真美啊！”

“哦，其实你这身绿色也很漂亮。”黄青蛙说。

“啥打架不打架的，忘掉它吧！”两只青蛙一起说。

美美地睡上一觉后，无论是人还是青蛙，心情都会变愉快的。

红蜡烛

一只猴子从深山跑到村里玩，拾到一支红蜡烛。红蜡烛在平时可是稀罕物，所以猴子坚持认为：这是个花炮。

猴子小心翼翼地将拾到的红蜡烛带回了山里。

山里顿时轰动起来。因为花炮这种东西，不管是小鹿、野猪、兔子，还是乌龟、黄鼠狼、狸猫、狐狸，都从未见过。所以它们奔走相告，猴子拾到花炮的事大家很快就全知道了。

“嘿，真了不起。”

“这东西看起来挺有意思。”

小鹿、野猪、兔子、乌龟、黄鼠狼、狸猫、狐狸，纷纷挤上前来，围住红蜡烛细看。

猴子急忙喊道：“当心，危险！别靠得太近，会爆炸的。”

大伙儿吓得慌忙退开。

猴子把花炮是什么，如何发出一声巨响，冲上云霄，然后在空中飞散，绽放出美丽的烟花等事，详细地告诉大家。

这花炮如此奇妙，大家都想亲眼见识见识。

“那好，咱们今晚就到山顶上放花炮。”猴子说。

大伙儿听了，别提多兴奋了。眼前仿佛出现了像流星般在夜空中飞散的烟花。这情景光凭想象，就足以陶醉其中。

终于等到了晚上，大伙儿兴冲冲地爬上山顶。猴子早已将红蜡烛绑在一棵树的枝丫上，正等着大伙儿。

放花炮的时刻马上就要来临了，可这时却出了件伤脑筋的事：谁也不愿意去给花炮点火。喜欢看烟花是一回事，去点火又是另一回事了。

如此一来，烟花就看不成了。没办法，只能用抽签来决定谁去点火。

抽签结果，乌龟“中彩”。

乌龟只好鼓起勇气，朝花炮爬去。

“它点燃花炮了吗？”

“没有！”

当它好不容易爬到花炮前时，却不由自主地将脖子缩回了龟壳中，就是不伸出来了。

大伙儿只好进行第二次抽签。这回黄鼠狼“中彩”了。

黄鼠狼比乌龟稍微强些，毕竟它的头没有缩回去。可是黄鼠狼的眼睛高度近视，看不清在哪儿点火，只能瞪着眼，绕着花炮转来转去。

折腾到最后，野猪实在忍不住了。作为最勇敢的动物，它奋不顾身地冲到花炮前，点着了火。

大伙儿见状赶忙钻进草丛里趴下，把耳朵捂得严严实实。

不单耳朵，连眼睛也紧紧地闭上。

可是红蜡烛并没有发出巨响，只是安静地立在那儿，无声地燃烧着。

国王与鞋匠

有一天，国王把自己装扮得像乞丐一样，独自溜达到一座小镇上。

镇里有家很小的鞋铺，一位老鞋匠正勤勤恳恳地做着鞋子。

国王走入鞋铺，大声问道："喂，老头子，你叫啥名字？"

老鞋匠并不知道面前的就是国王，冷冷地答道："向别人询问时，应该要有礼貌。"

说完，继续叮叮当当地埋头干活。

"喂，你到底叫啥名字啊？"国王再次问。

"已经告诉你了，向别人询问时，应该要有礼貌。"老鞋匠仍旧冷冷地回答，然后继续埋头干活。

国王想想，自己确实错了，便和颜悦色地问老鞋匠："那请您告诉我，您叫什么名字？"

"我名叫马奇斯德卢。"老鞋匠终于道出名字。

国王接着又问："马奇斯德卢老爷爷，我想悄悄问您一句，您认不认为本国的国王是个蠢材呢？"

"我不这么认为！"老鞋匠马奇斯德卢回答说。

"那您觉不觉得他是个不值一提的笨蛋呢？"国王继续问。

"不觉得！"老鞋匠马奇斯德卢一面回答，一面钉上鞋跟。

"只要您肯说，国王是个不值一提的笨蛋，我就送块金表给您。这事儿我绝不会泄露出去，您尽管放心。"说着，国王由口袋中掏出一块金表，放在老鞋匠的膝盖上。

"只要我说国王是个不值一提的笨蛋，这玩意儿就归我？"老鞋匠握锤的手停止了动作，眼望膝盖上的金表，问道。

"是的是的，只要小声地将这句话说一遍，金表就归你了。"国王揉着双手说道。

老鞋匠猛地抓起金表，狠狠地砸到地上。

"滚！马上滚！再啰唆我就要揍你了。你这个不忠之徒。本国的国王举世无双，再没有比他更伟大的国王了！"说着，他举起了手握的锤子。

国王飞快地逃出鞋铺，出门时，脑袋"咚"的一声，撞到了鞋铺支撑遮阳帘的柱子上，登时肿起一个大包。

但国王心里，却乐开了花。

"我的人民真是太好了！我的人民真是太好了！"他就这样一边念叨着，一边回宫殿去了。

正坊与大黑

一

从前有个马戏团，经常在村子间做巡回演出。马戏团规模不大，仅有十位演员、一只上了年纪的黑熊、两匹马。马不但要上台表演，每当马戏团前往新的表演场所时，它们还要披上红呢毛毯，拉着行李车上路。

某次，马戏团来到一个小村庄。成员们分头宣传，在烟店、澡堂的墙上贴满了红色、黄色等色彩鲜艳的海报。村里的老老少少，高兴地围观着发出墨香的海报，就像过新年一般。

戏棚搭好三天了，这天下午又在表演节目。观众席上掌声雷动、欢呼阵阵，千代舞蹈完毕，轻敛粉裙，致谢后退回舞台幕后。接下来的节目，是由老黑熊大黑表演。训熊师五郎穿着褪色的浅紫金丝绒上衣，脚蹬长靴，手中啪啪地挥舞着鞭子，走到铁笼旁。

“来，大黑君，轮到你上场了，不要让我失望哦。”

五郎微笑着，打开铁笼笼门。但不知何故，大黑并不像平时那样，立即起身。五郎愣了愣，急忙俯身查看，只见大黑全身大汗淋漓，紧闭双眼，全身直打冷战，且气喘吁吁。

“不妙啊，团长！大黑生病了。”

马戏团团长和其他成员赶忙围过来。五郎和团长要给大黑吃用竹叶包裹的黑药丸，但大黑牙关紧闭，嘴里流出白沫，摇头不肯吃药。片刻后，大黑的肚子变得鼓胀起来，接着瘫倒在地，然后又像陀螺一样，在铁笼中四处乱转。转了一阵，扑通一声倒在稻草堆上，大口喘着粗气，眨着双眼，一副无精打采的模样。

观众席上传来一阵“啪啪啪”的鼓掌声，这是观众们在催促下一个节目快登场。没法子，只能先让扮演小丑的佐吉顶替大黑上台。

“如果正坊在这儿，大黑一定会吃药的。”不知是哪位叹了口气，说道。

团长听了，急忙用粗嗓门下令说：“说的是！千代，你赶紧去接正坊回来。”

千代牵出一匹马，连戏服都顾不得换，立即翻身上马，沿着白色的田野小径，向邻村飞奔。

二

正坊在首日表演爬天梯时，不慎把脚扭伤了，此刻正在邻村的医院里养伤。

一棵梧桐树栽在正坊所住病房的窗前，绿叶舒展，将青翠的浓荫投进房内。正坊身穿白色衣裳，坐在病床上眺望着玻璃窗外，心想：“梧桐树的树干真粗啊，看上去和大象的腿差不多。”这时，从门外传来马蹄声。紧接着，脚步声响起，有人正通过走廊向病房快步走来。很快，千代的脸出现在门口，正坊兴奋得直蹦起来：“姐姐，瞧，我的伤已经不碍事了，刚刚还在床上翻筋斗呢！”

千代疼惜正坊就像疼爱亲弟弟一样。

“呵，好的真快啊！真棒！正坊，告诉你一个坏消息，大黑病了，而且无论如何都不肯吃药。大家全都束手无策，只好让我来找你了。”

“大黑病了？走，咱们立刻就回去。我已经可以出院了。”

他们征得院长允许后，立即上马飞奔离去。

三

“大黑，我回来了，大黑！”

正坊将药丸放在左手，伸出右手轻抚大黑的鼻尖。大黑较之前安静了不少，但双眼依旧浑浊，毫无生气。它呼哧呼哧地喘着粗气，吹得沾在鼻尖上的稻壳一直抖动。

正坊忽然想起一件事，于是立刻“呜呜、呜呜、呜”地哼起《勇敢的水兵》的曲调。

这首欢快的乐曲是正坊与大黑登场表演时的背景音乐。大黑一听见正坊哼的歌，顿时有了反应，轻轻耸了耸耳朵，随后站起身来。正坊眼疾手快，马上将左手的药丸塞入大黑口中，大黑咕嘟一下，咽下了药丸。

这一事件结束后，正坊与大黑更加要好了。而且，他们也成为马戏团中人气最高的演员。

后来又发生了一件事，也是在马戏团在某个小村庄演出时。由于配合正坊与大黑表演的喜剧小丑佐吉辞职不干，只好由胖团长顶替他上场。

“大黑，来吧，咱们该登场了！”

正坊打开铁笼，放出大黑。接着和往常一样，一边轻抚大黑的鼻尖，一边往大黑口中塞入它最爱吃的饼干。

舞台上，阿留爷爷用喇叭吹起《勇敢的水兵》：

啦噜啦啦、啦啦啦，
啦噜、啦噜、啦，
啦噜啦啦、啦噜啦，
啦噜、啦噜啦，
啦噜、啦噜、啦噜啦，
啦噜、啦噜、啦。

正坊头戴斜插白羽毛的军帽，腰悬闪烁金光的玩具宝剑，扮演一位将军，骑在大黑背上。大黑踩着喇叭的拍子，精神十足地走上舞台。

“大家现在看到的，是懒散将军和他的爱马大黑！”

等阿留爷爷一介绍完，正坊便立即从大黑背上滑落到地上，摆了个亮相的姿势。观众们哈哈大笑，纷纷鼓掌。

“将军就要出发，前往征讨盗贼！”

大黑张开猩红大口，一声熊嚎。将军正坊骑在它背上，从口袋中掏出一把饼干，往大黑嘴里送。大黑轻轻地将正坊的手臂和饼干一道，含在嘴里。正坊故作惊慌，眨着两眼，再次从大黑背上滚落到地，观众们又一次笑了。

打扮成盗贼的胖团长，紧跟着登场。他手握玩具大刀，刀身贴着锡纸，看上去明亮晃眼。懒散将军一见，吓得不轻，畏畏缩缩地将手中宝剑抛弃，同时紧紧搂住大黑的脖子。观众席上，孩子们见到这有趣的一幕，再度喜笑颜开。

“站住！”

团长阴沉着粘满假胡须的脸，三角眼凶狠地瞪着，摆出气汹汹的模样。由于他平常呵斥正坊时，就是这副表情，所以大黑见他怒容满面，以为他又要责骂正坊，并且要用竹刀砍正坊了。

“站住！”

团长舞动大刀，向正坊扑来。大黑“嗷”地熊嚎一声，用嘴叼起正坊，迅速穿过观众席，奔到戏棚外。

观众、团长以及阿留爷爷，都被大黑突如其来的举动吓呆了。

正坊也吓得不轻。

野外的草坪上，大黑将正坊轻轻放下。正坊温柔地安抚着大黑，从头部轻抚到后背，终于使大黑平静下来。随后，他们一起返回到舞台上，先朝观众鞠躬致歉，接着向装扮成盗贼的团长赔罪。出人意料的是，观众们见到刚才的一幕，反而愈发兴奋，纷纷大声喝彩。团长也唯有报以苦笑。

四

规模这样小的一个马戏团，即使努力地在每个村庄间来回演出，收入也不会太多，只能让大家勉强糊口。

不久后，一匹马得病死去。

“可惜啊！”胖团长、阿留爷爷、千代、正坊、五郎等人，围在死马旁，不断叹息。

一个月后，当马戏团团员在清晨睁眼醒来时，彼此看看，竟然只剩下了团长、千代以及正坊三人。其他演员都离开了戏棚。如此一来，马戏团当然无法再进行演出了。没办法，团长打算解散马戏团。

大黑被关在铁笼中，用车拉到镇里，卖给了动物园。

正坊与千代则得到了卖掉马、幕布、桌椅后的钱。

“团长，你现在一无所有了，往后打算怎么办啊？”正坊问。

“我一无所有地从家乡出来，现在也不过是一无所有地回去而已。”团长惨笑着答道。

之后，团长拜托镇上的警察帮忙，安排正坊与千代到一家纺织工厂上班。

五

大黑自从被卖到动物园后，就每天垂头丧气地抬眼呆望着蓝天，似乎在想：正坊与千代现在如何了呢？要是能见到他们就好了。真想再听一听《勇敢的水兵》的旋律啊！

每天，铁笼前都围满参观的孩子，穿着的衣衫也款式各样。大黑琢磨着，正坊与千代说不定也在人群中呢。于是便从笼中向外头四面张望。正坊要是来了，一定是穿着红白相间的横条服，一眼就能认出来。就在它痴痴地幻想着时，脑袋上方忽然传来熟悉的呼喊："大黑！"

大黑用哀怨的目光，循声望去。

呜呜呜呜、呜呜呜，
呜呜呜呜呜，
呜呜呜呜、呜呜呜，
呜呜呜呜呜。

是正坊。他口中哼的正是《勇敢的水兵》。大黑热血沸腾，"呼"地直立起来，如同往日在马戏团一般，踩着音乐的节拍在笼中来回走动。接着，它从铁笼的空隙中探出嘴，友好地望着正坊。正坊身上虽然没有穿横条服，但它仍然一眼就认出了好朋友。"嗷嗷"的熊嚎声，交织着它惊喜的心情。

正坊乐呵呵地从口袋中掏出饼干，塞入大黑口中，然后不断地轻抚着它的鼻尖。

正坊身后，站着千代，她正泪流满面地望着这一幕。今天是他俩的首个休息日，他们是专程来探望大黑的。

卖掉的鞋子

兵助在一家鞋店里当学徒，初次做出一双鞋。

一位游客路过鞋店，买下了这双鞋。

头一回卖掉亲手做出来的鞋，兵助十分开心。

“喂，喂，请稍等。这是鞋油，还有鞋刷，全送给您。请您细心呵护这双鞋。”兵助对游客说。

游客有些惊讶，心想这样的学徒还真罕见。

游客离开后片刻，兵助忽然“呼哧呼哧”地追上了他。

“喂，喂，请再等等。如果鞋底的钉子掉了，请您用这个鞋钉给补上。”说着，兵助从口袋中掏出鞋钉递过去。

又过了片刻，兵助忽然又想起了什么，急急忙忙再次追上那位游客。

“喂，喂，您在穿这双鞋时，请一定要爱惜啊！”

游客的怒气终于爆发了：“你这学徒怎么这么啰唆？这双鞋我高兴咋穿就咋穿！”

“对不起。”兵助慌忙道歉。

之后，他目送着游客渐行渐远，直到游客的身影消失为止。

兵助心想，如果那双鞋能永远被爱惜呵护，那就太好了。

牛犊

这天，牛犊来到牛爸爸与牛妈妈身旁，说：“爸爸、妈妈，我体内好像有什么东西在向外拱，好痒。”

牛爸爸与牛妈妈高兴得直流口水。

“心肝宝贝，你感到有东西向外拱，那是因为身体里有东西要长出来了。嗯，你快去山坡南边的油菜花地里，安安静静地坐着，直到那东西长出来。”牛妈妈说完，送走了牛犊。

牛犊走后，牛妈妈激动地对牛爸爸说：“老伴啊，你听我说。咱们的孩子是全世界最俊的牛犊。所以它很快就会从背上，长出一对美丽雪白的翅膀，就像游在山坡下池塘里的天鹅一样。”

但牛爸爸却用力摇了摇大脑袋，说：“别说蠢话了，咱们是兽类，怎么可能长翅膀？兽类一定是长角啊。不过，咱们的孩子是全世界最壮的牛犊，所以长出来的，一定是一对像鹿角那样威武的分叉角。”

“呀，不，不。那种角好难看的。咱们的孩子多可爱啊，怎么能长那么难看的角呢？一定会长出翅膀的。要是它没长出翅膀，我情愿将我的尾巴给你。”

“你那尾巴怪模怪样的，还比不上麻绳，我才不要呢！不过也好，既然你要打赌，我也下个注。要是咱们的孩子没长出鹿角，我情愿将我的蹄子给你。”

牛妈妈使劲甩头，回敬说：“丢在路边没人要的破碗碎片，都比你的蹄子强哩。”

再说牛犊安安静静地坐在山坡南边的油菜花地里，不久，它的头上开始长出两个东西。但既不是天鹅的翅膀，也不是鹿角，就是一对平平常常的圆牛角。当牛犊回到牛爸爸与牛妈妈身边时，牛爸爸牛妈妈开心得不停眨眼，它们彼此望着对方，齐声说：“啊！真棒！咱们的孩子已经长成一头健壮的牛了。”

钱坊

夏末某日的黄昏。

坦吉跟哥哥一块儿，在海边面向火红的落日，吹着口哨。

这兄弟俩，因为放暑假的缘故，所以一起到海滨叔叔家避暑。

哥哥吹口哨乃是一绝。坦吉把嘴唇噘得老高，可就是吹不出声，只好静静地聆听哥哥吹《军舰进行曲》，并沉醉其中。对于哥哥能够一边用脚尖嗒嗒地打出节拍，一边自如地吹着口哨，坦吉十分羡慕。

“阿坦，你也试着吹吹。”哥哥吹完欢快的《军舰进行曲》，向坦吉说。

听话的坦吉便和平时一样，噘起嘴，用力吹啊吹。

然而，他无论如何也吹不出声。别说《军舰进行曲》了，就连“哔——”的声音也没有。

坦吉涨红了脸，不停地吹着。

“口哨可不是像你这样吹的哦。”

哥哥大笑起来。

虽然如此，但坦吉在最后阶段，还是吹出了两三次“哔——哔——”的声响。

“哥哥，听见没有？我吹响了。”坦吉话音未落，突然感到脚下被什么物体给绊了一下。

兄弟俩都吓了一跳。低头一瞧，原来是条瞎了一只眼的小狗。它的头顶有一块铜板那么大的黑斑，浑身长满白毛。不过可能是掉进水沟的缘故，毛色已经变成了灰色。

这条小狗抬起头，望着坦吉，长长的小尾巴不停地摇着。

“哥哥，它真可怜。”

“嗯。”

哥哥盯着瘦骨嶙峋的小狗。

“哥哥，不如咱们带它回家吧。”

“嗯，行。”

于是，兄弟俩带着独眼小狗，回家去了。

落日火红，将余晖洒向大地。

***

过了一周左右。

坦吉慢慢地已经学会了吹出简单的口哨。而那条海边捡回的小狗，浑身都已洗得干干净净。如今，它是和坦吉形影不离的好朋友。

哥哥称小狗为“盲眼”，但坦吉给它起了个名字，叫“钱坊”，就像为朋友取名一样。取这个名字，是因为小狗头顶有一块铜板大的黑斑。坦吉十分疼爱钱坊，即使夜里睡觉也不愿分开。

然而有一天，因为一件小事，钱坊惹恼了叔叔。

叔叔向来都不喜欢狗，所以便借此机会，要将钱坊赶走。

“叔叔，请您原谅钱坊。它并非有意做出那样的事……”坦吉连声向叔叔道歉，哥哥和婶婶也帮忙说情，但叔叔无论如何就是不接受。其实叔叔并不是无情的人，只因对狗厌恶，才使他变得不近情理。

坦吉一面哭，一面想：再过一周暑假就结束了，如果钱坊迟一周调皮捣蛋的话，就能带它回自己家了……

现在，钱坊无法再留在叔叔家了。叔叔将它送给了公司的同事，一个叫泽田的人。此人爱好打猎，听说一直想要条狗。

次日，泽田来到叔叔家。

“就是这条狗。”叔叔说着，抬手指向垂头丧气的钱坊。

“是条好狗！虽然瞎了一只眼，但作为猎犬，应该挺合适。”泽田摸着鼻下的胡须，称赞说。

坦吉全神贯注地听着两人对话。尽管明知已不能改变状况，但他仍然在心里期望着，这个叫泽田的叔叔别将钱坊带走……可是，期望落空了，钱坊最后还是要被泽田带走。

“那么，我现在就带它走啦。非常感谢。”

泽田取出一根绳子，拴在钱坊的脖子上，朝门口走去。

坦吉一路跟到门口，泪流满面地仰头对泽田说：“叔叔，请您一定要疼惜钱坊……”

“那是当然。孩子，你随时都可以来我家找它玩。”

泽田叔叔看上去挺和蔼，爽快地答应坦吉后，告别离开。

以往，钱坊只要见到坦吉，尾巴就会摇个不停。如今却耷拉着尾巴，被泽田牵走。

“哔——”

坦吉忍不住像往常那样吹起口哨。钱坊扭头望向坦吉，挣扎着想跑回来。

但它身不由己，只能继续朝前走。最后消失在松林中。

“哇——”

坦吉放声大哭，跑回屋中。

***

寒冬，北风凛冽，日夜呼啸。街道两旁的树木，迟早会被刮成秃枝。

坦吉从二楼的窗口，仰头凝视着冬日灰暗的天空。

“天寒地冻，钱坊现在在哪儿？在做什么呢？”他担心地想着。脑海中有时浮现出钱坊睡在温暖狗窝里的情景；有时又浮现出刺骨寒风刮打在钱坊身上，它可怜兮兮地在垃圾堆中觅食的情景。

“不，钱坊所处的环境一定很好，一定是的。”坦吉强行将悲惨钱坊的模样，从自己的脑海中剔除。

突然，坦吉的目光紧盯住楼下的街道。

“啊！钱坊！”坦吉大喊起来。

一条消瘦的小狗，在冷飕飕的街道上，被风吹打着，像喝醉酒般，踉踉跄跄地走着。

……确确实实，那是钱坊，独眼的钱坊！

“钱坊！”坦吉推开窗户，大声叫道。

钱坊驻足，抬起头来。然而，它已经看不到坦吉熟悉的身影了。因为，它的两只眼睛都瞎了。只有那条长长的尾巴，仍在不停地摇着。

“钱坊，别走开，等着我！”

坦吉三步并作两步，飞身跑下楼梯，冲出大门。

可是……

当坦吉跑到大街上时，失明的小狗已经不见了踪影。如风吹过，不留痕迹。

坦吉急忙吹起口哨，四处寻找。

但最终还是没有找到钱坊。

而今，钱坊在何处流浪呢？

糖块儿

这是一个暖和的春日，一位出远门的母亲带着两个年幼的孩子，登上渡船准备过河。

正当渡船就要离岸时，有一个武士从河堤上快速跑来，一面跑，一面挥手喊道：“喂，请等一等！”

他跑到船边，飞身跃上了渡船。

渡船出发了。

武士一屁股在渡船正中间坐了下来。太阳暖洋洋地照着，没多久武士就打起了瞌睡。

留着黑胡须、看上去威风凛凛的武士，打瞌睡时头一仰一磕的模样，让两个孩子见了，感到很滑稽，忍不住“嘻嘻”地笑出声。

母亲赶紧竖起手指，贴在嘴唇上，低声说：“嘘，不要出声。要是惹恼了武士，可就糟糕了。”

孩子们顿时停止了嬉笑。

过了片刻，其中一个孩子伸手说：“妈妈，我要吃糖。”

另一个孩子也跟着说："妈妈，我也要吃糖。"

母亲从怀中掏出一个小纸袋，可是袋里只剩下一块糖了。

"给我吃！"

"给我吃！"

两个孩子一起吵着，向妈妈要糖。可就剩一块了呀，妈妈不知该怎么办才好。

"乖孩子听话，再等一等。船到对岸后，妈妈就去买糖给你们吃。"

但两个孩子就是不听，依然"给我吃""给我吃"地撒娇叫闹着。

就在这时，那个打瞌睡的武士被吵醒了。他瞪大双眼，紧盯着吵嚷的两个孩子。

这可把母亲吓坏了，她担心武士由于瞌睡被吵醒，会大发雷霆。

"不准再吵了！"母亲急忙喝止两个孩子。

但孩子们对母亲的话毫不理睬。

武士突然"嗖"地拔出刀，走到母子三人面前。

母亲吓得面色苍白，拼命搂住两个孩子。她以为武士要砍死他们。

"把糖块儿给我！"武士大声命令说。

母亲颤抖着身子，将糖块儿递给武士。

武士接过糖块儿，放到船舷上，挥刀"咔嚓"一劈，糖块儿被劈成了两半。

"拿去！"

武士将变成两块的糖，分别递给两个孩子。

接着，武士又坐回原处，头一仰一磕地继续打瞌睡。

树的节日

一棵树上开满了漂亮的白花，芬芳四溢。树为自己拥有如此美丽的外表而喜悦欢乐。可是，由于它生长在绿色原野的尽头，人迹罕至，所以它的美完全无人赞赏。这让树感到很失落。

微风柔和，轻轻拂过树旁，将花香带往远方。花香飘过小河、穿越麦田、掠过山崖，最后停在众多蝴蝶翩翩飞舞的马铃薯田中。

“咦？”有只蝴蝶正落在马铃薯的秧叶上，它耸耸鼻子，说，“真香啊！这香气真令人陶醉。”

“应该是什么地方的花开了。”落在另一片秧叶上的蝴蝶接话说，“准是原野尽头的那棵树开花了！”

很快地，一阵阵“咦”“呀”的惊喜欢呼声响起，马铃薯田中的所有蝴蝶，都闻到了随风而来的花香，顿时心情大悦。

众所周知，蝴蝶对花香最为喜爱，要它们不去理会如此芬芳的花香，它们可不答应。于是，蝴蝶们围拢到一块儿，经过商量，决定飞去树那里，专门为树过一个节日。

就这样，以一只花翅膀大蝴蝶为首，白蝴蝶、黄蝴蝶、枯叶蝶、如蚬贝一样小的蝶，各种模样、千姿百态，一起朝着花香来源地展翅飞去。它们越过山崖、穿过麦田，又飞过了小河。

有一只最小的蚬贝蝶，由于翅膀力量小，所以要在小河岸边歇息一下。它在河边的一株水草上停下来，刚刚喘口气，就发现一旁的叶子背面，有一只以前从未见过的虫子，正在迷迷糊糊地打盹。

蚬贝蝶问虫子：“你是谁？”

虫子睁眼答道：“我是萤火虫。”

蚬贝蝶向萤火虫发出邀请：“在原野的尽头，有一棵树，我们将要去那儿，为树过节日，请你一起来吧！”

“可是，我一向都只在夜里出没，和大家都没有交情，不会受欢迎吧？”萤火虫有些顾虑。

“哪里！快别这么想。”蚬贝蝶劝道。在它努力说服下，萤火虫终于答应了。

这个节日过得开心极了。蝴蝶们在树的周围翩翩起舞，就像漫天飘飞的鹅毛大雪。舞累了，就落到树的白花上，饱饱地吸一餐香甜的花蜜。

好时光总是过得太快。天色暗了下来，已是日暮时分。

大家都叹气说：“要是能继续玩就好了，可惜黑夜马上就到了。”

就在这时，萤火虫从小河岸边，将自己的伙伴们都找来了。每朵白花上，都落有一只萤火虫，树上好像点亮了一盏盏小灯笼。蝴蝶们可开心了，痛痛快快地玩到了深夜。

乡之春、山之春

春天又一次降临到原野上。樱花盛开、小鸟歌唱。然而，在山里，春天还没到呢。高高的山顶上依然积雪皑皑。

小鹿一家就住在深山中。小鹿尚未满一岁，还从没见过春天。

“爸爸，春天是怎样的？”

“春天呀，就是花开的季节。”

“妈妈，花是什么？”

“花呀，是很美很美的东西。”

“真的？”

可是，小鹿因为从没见过花朵，所以，花朵和春天到底是怎样的，它仍然不是很清楚。

这天，小鹿独自去山里玩。

突然，远处传来一声清脆的鸣响：“咣”。

“是什么声音？”

紧接着，又是“咣”的一声响。

小鹿竖起耳朵仔细倾听。渐渐地，它被那声响吸引，便朝山下跑去。

山脚的原野上坐落着一个小山村。原野樱花绽放，香气怡人。

一位老爷爷坐在樱花树下，看上去十分和蔼可亲。

他见到小鹿慢慢走过来，就折下一枝樱花，插在小鹿的嫩角上。

“呵呵，我送你一支簪子。趁现在太阳公公还没下山，你赶紧回山里去吧。”

小鹿欢欢喜喜地回了山。

小鹿把在山下遇到的事告诉爸爸妈妈，鹿爸爸和鹿妈妈听完后，异口同声地对小鹿说：“那‘咣咣’声，其实是寺里的钟声啊。插在你角上的，就是花呀。等到花儿开得满山都是，四周都飘散着芬芳的气息，就是春天来了。”

不久后，春天也来到了深山中。漫山遍野，百花盛开，姹紫嫣红。

轿夫

夜已深，在松林小道上，轿夫抬着空轿正从后而来。一个武士见到，便坐了上去。

“嘿哟、嘿哟。”

轿夫吆喝着，在白色道路上努力向前。

过了片刻，在后面抬轿的轿夫突然说：“去！”

在前面抬轿的轿夫也说：“去！”

坐在轿里的武士听了，感觉有点奇怪。

这时后面的轿夫又说：“杀掉如何？”

前面的轿夫回答说：“等会儿再说。”

这段对话把轿中的武士吓得面无血色，浑身打战。他以为这两个轿夫正打算谋财害命，要杀自己。

又过片刻，后面的轿夫说：“真是麻烦，还是快点杀了吧！”

前面的轿夫答说：“再往前走段路，那儿有个悬崖，到时直接扔进溪流里。”

这话惊得胆小的武士上下牙直打架。轿子仍一刻不停地向前行进。

过了一阵子，远处传来哗哗的山溪流淌声。武士将带鞘的刀从腰间取下，然后掖起下摆。

山溪奔流声渐渐靠近，武士忽地一下，从轿中猛然跳出，像风一般，拔腿急逃。

"喂——大人！"一个轿夫挥舞着轿棍，从后面追赶上来。

武士拼命飞奔，跑到上气不接下气，最后一口气提不上来，"扑通"一声，摔倒在地。

轿夫追到他身旁停住，说："大人，您把刀忘在轿子里了。"

说完，将刀递给武士。

"你们，你们不是想杀我吗？"武士浑身颤抖。

轿夫说道："您千万别误会，我们要杀的是一条流浪狗。它一直跟着我们，实在讨厌，所以我们打算把它扔进溪流里去。"

丢失的一文铜钱

麻雀捡到一文铜钱，十分开心。

每当见到其他麻雀时，它就用嘴叼着这文铜钱，然后放到沙地上，说：“你们瞧，我是只富有的麻雀哦。”

不久到了傍晚，天色开始暗下来。

“呀，不好，玩得太晚了，这回糟了。”

麻雀急忙叼起这文铜钱，慌里慌张地朝磨坊飞去。它的窝就在磨坊的檐下。

因为飞得太急，尚未到达磨坊，麻雀就将那文铜钱不小心掉落在田野里了。

“啊！坏了！”

但这时周围已是一团漆黑，完全看不清了。

“只好等明天早上再来找了。”

说完，麻雀飞回了磨坊檐下的窝中。

当晚天寒地冻，麻雀因此患上了感冒。

而大雪也积得相当厚。

感冒这病，一两天不能痊愈，所以麻雀只能躺在稻草堆里，心中念念不忘丢失的那文铜钱。

过了一段日子，麻雀的感冒总算好了，它急忙飞出窝去寻找那文铜钱。

田野上的积雪依然十分厚。

“我的、我的一文铜钱，在不在雪下面？”

麻雀问完，趴在雪地上听回音。

雪下不知是谁的回答传到了地面：“不在不在，不在这里。”

麻雀又飞到另一片雪地，问：“我的、我的一文铜钱，在不在雪下面？”

雪下不知是谁的回答又传到了地面：“不在不在，不在这里。”

麻雀就这样在雪地上不停地飞来飞去，四处打听。

终于，在某片雪地的下方，传来了回答：“在这里，在这里，就在这里。等雪融化后，你来拿回去吧。”

麻雀等啊等，到了雪融化的那天，它再次来到田野里，一文铜钱果然好端端地就在那儿。

它发现，那片土地上长满了蜂斗叶的花梗。回答它铜钱所在位置的，应该就是这些花梗。

一年级小学生与水鸟

在去学校的路上，有一个大水塘。

一年级的小学生们，每天早晨去上学时，都要从这里经过。

水塘中游动着五六只冠毛黑色的水鸟。

一年级的小学生们见到水鸟，立刻像往日那般，不约而同地开口唱起儿歌：

水——鸟，
水鸟。
潜入水里，
就请你吃糯米团子。

水鸟们听了，纷纷噗噗地潜入水底。瞧那模样，似乎非常开心能吃到团子。

可是一年级的小学生们赶着去上学，并没带糯米团子，所以没有人喂水鸟吃团子。

他们来到了学校。

上课时，老师教导他们说："同学们，认真听老师说，要做个诚实的孩子，不可以撒谎。撒谎是件很糟糕的事。先人们说过，要是撒谎，死后会被赤鬼用专门拔钉子的钳子，把舌头拔掉的。所以，大家都不能撒谎哦！好啦，听明白的同学，请举手。"

全班同学都举起了手。大家都听懂了。

放学后，一年级的小学生们在回家的路上，再次路过大水塘。

水鸟还在水塘里游着，仿佛一直在等待小学生们，从水面上向这边张望着。

水——鸟，

水鸟。

一年级的小学生们又像平时那样，唱起了儿歌。

可是刚唱了个开头，后面的歌词就唱不下去了。如果接着唱"潜入水里，就请你吃糯米团子"，就变成撒谎了。老师今天刚刚在学校里教导过，好孩子不可以撒谎。

该如何是好呢?

要是只唱了半截就离开，未免太可惜了。而且这样做，水鸟也会感到很没趣的。

于是，大家又一起唱道：

水——鸟，

水鸟。

虽然没团子，

仍然请你潜个水。

水鸟听了，精神十足地一头潜入水底，动作漂亮极了。

小学生们明白了。水鸟潜水，一向都不是为了想吃糯米团子，而是因为一年级的小学生们向它们打招呼，它们十分开心，这才潜入水底的。

红蜻蜓

红蜻蜓在半空盘旋三圈后，落在竹篱笆上时常歇脚的地方。

山村的正午静谧安宁。

时值初夏，山村隐没在浓密的绿树林中。

红蜻蜓快速地转着眼珠。

牵牛花缠绕着它现在歇脚的竹篱笆。

红蜻蜓心想：“这牵牛花可能是去年夏天，别墅主人栽的牵牛花结出了种子，后来又新长出来的吧？”

这栋别墅里空空荡荡，木质的窗户紧闭着，显得十分冷清。

红蜻蜓振翅飞离竹篱笆，向高空飞去。

有三四个人，走了过来。

红蜻蜓再次落到刚才歇脚的竹篱笆上，目不转睛地望着走过来的人。

最先走来的，是位可爱的小女孩，头上戴着一顶系着红色蝴蝶结的帽子。跟在后面的是她的母亲，最后是一个提着沉重行李的书童。一共三人。

红蜻蜓非常希望自己能停在可爱小女孩的红色蝴蝶结上。

“但万一小女孩对此很介意的话，就不好办了。”红蜻蜓侧头想道。

虽然这么想，但在小女孩走到竹篱笆之前时，红蜻蜓还是忍不住飞过去，落到了红色蝴蝶结上。

“啊，小姐，有只红蜻蜓落到您的帽子上了！”书童喊道。

红蜻蜓很担心小女孩会来捉自己，所以十分警惕，随时准备飞走。

但小女孩完全没有要捉红蜻蜓的意思，反而说：“哇，红蜻蜓正停在我的帽上吗？真令人高兴啊！”说着，开心地欢呼雀跃。

燕子如风般从空中掠过。

可爱的小女孩搬入长期闲置的别墅中居住，她的母亲和书童也一道搬了进去。

今天，红蜻蜓照旧在半空中盘旋。

夕阳将它的翅膀映得红彤彤地。

蜻蜓蜻蜓，

红蜻蜓，

飞在芒草丛中，

小心危险哦！

自远方传来了充满童趣的天真歌声。红蜻蜓寻思着，这歌儿是不是那个小女孩唱的呢？于是，它朝着声源处飞去。

唱歌的果然是那个小女孩。

她正独自在院中一面冲凉，一面哼歌呢。

红蜻蜓飞过她头顶，她手中拿着金鱼玩具，高兴地举起双手，大喊："我的红蜻蜓！"

红蜻蜓也十分高兴。

这时，书童手拿肥皂走过来。

"小姐，我帮你搓背可以吗？"

"不要——"

"可是……"

"不要！不要！除非是妈妈——"

"真是个难伺候的小姐啊。"

书童挠着头走到一旁，发现了落在牵牛花叶面上，正倾听两人谈话的红蜻蜓。他伸出右手手指，在空中画了一个大圆圈。

"这是做什么？啥意思呀？"红蜻蜓盯着书童的手指，想道。

书童不停地用右手手指画圆圈，一个接一个。慢慢地，圆圈越变越小，逐渐向红蜻蜓靠近。

红蜻蜓瞪着大眼珠，随着书童的手指转圆圈。

圆圈越来越小、越靠越近，随后转得越来越快。

红蜻蜓被圆圈转得头晕眼花。

只一瞬间，书童突然疾速探出手指，将红蜻蜓夹住。

“小姐，红蜻蜓被我捉到啦，拿过去给你好不好？”

“白痴，你竟然捉了我的红蜻蜓！山田是白痴！”

小女孩生气地噘起嘴，将热水朝书童泼去。

书童急忙放开红蜻蜓，脚底抹油跑了。

红蜻蜓彻底放心了。它一面向天空飞去，一面想着：“真是个善良的好女孩啊！”

***

晴空湛蓝，万里无云。

红蜻蜓收翅落到窗户边，陪伴小女孩，认真听书童讲故事。

“后来，那只蜻蜓怒气冲冲，开始向大蜘蛛发起反击。大蜘蛛被蜻蜓咬住，十分疼痛，高呼：‘快来救我！’于是小蜘蛛们从各个方向涌来。但蜻蜓的个头比它们大得多，左一口右一口地啃咬小蜘蛛，最终将蜘蛛全部咬死，一只不剩。蜻蜓松了口气，低头一瞧自己的身子——啊，怎么回事？浑身上下都沾满了蜘蛛猩红的鲜血。这可不行！蜻蜓急忙飞到水池边，用力擦洗身子。可是猩红的血渍无论如何也洗不掉。蜻蜓只好去祈求神灵。神灵怒斥它说：‘那么多无辜的蜘蛛惨死在你口下，你变成这模样，是应得的报应！’那只蜻蜓呀，嘿嘿，就是现在的红蜻蜓。所以红蜻蜓绝不是好东西。”

书童的故事到此结束。

“我什么时候干过那么残忍的事啊？”红蜻蜓正寻思着，

小女孩已大喊道："胡说！胡说！山田讲的故事都是胡说八道。红蜻蜓那么惹人喜爱，怎么可能做出残忍的事？还有蜘蛛的血根本就不是红色的！所以山田是在胡说！"

红蜻蜓从心底里感到高兴。书童则面红耳赤地离开了。

红蜻蜓飞离窗户，落到小女孩肩上。

"啊！我的红蜻蜓！可爱的红蜻蜓！"小女孩明亮的黑色眼眸中闪着光芒。

盛夏酷暑，在不觉间过去。缠绕在竹篱笆上的牵牛花，枯萎了。

凉风习习，金蟋欢鸣。今天红蜻蜓又来见小女孩了。

但令它吃惊的是，原先一直打开的窗户，此刻竟然全部关闭了。

发生了什么事？红蜻蜓正猜测着，大门开了，有人蹦蹦跳跳地跑了出来。

是小女孩，那个可爱的小女孩。

然而小女孩此时显得十分伤心，而且头上戴的，正是刚搬进别墅时系着红色蝴蝶结的帽子，身上穿着漂亮的衣裳。

红蜻蜓像平时一样，拍翅飞到小女孩肩上。

"我的红蜻蜓……可爱的红蜻蜓……我，我必须回东京了，咱们要分开了，再见。"小女孩轻声说着，似乎在哭。

红蜻蜓也感到十分难过。它多想和小女孩一道去东京啊！

这时，小女孩的母亲和曾经戏弄过红蜻蜓的书童也走了出来。

"人到齐了，咱们走吧。"三人离开了别墅。

红蜻蜓飞离小女孩肩头，又一次落到竹篱笆上。

“再见红蜻蜓，我的红蜻蜓！”可爱的小女孩恋恋不舍，频频回头，挥手向红蜻蜓告别。

终于，大家的身影消失在远方。

“从今天开始，这栋别墅又要变回空屋了吗？”红蜻蜓侧头沉思着。

秋日的黄昏，寂寂清冷。红蜻蜓停身芒草穗上，思念着可爱的小女孩。

变身术

雨停了，净福院后的竹林中，花斑蚊嗡嗡直叫。明月在天，映得被雨打湿的竹叶闪闪发光。

一只狸猫和她刚出生不久的孩子就住在竹林中金雀花树根部的洞穴里。小狸猫还没断奶呢。

今天晚上，狸猫妈妈打算教小狸猫变身术，于是母子一起来到洞外。皎洁的月光下，清晰可见满地都是被雨水打落的金雀花。

“呵，乖孩子，从现在起，你要断奶了。”

小狸猫依然含着乳头不放。

“快放开吧。”

狸猫妈妈伸出手拨儿子，想把小狸猫朝外挪。但小狸猫拼命含住乳头，就是不松嘴。

“孩子，你听妈妈说。”

“什么？”

“我的孩子，你希望自己变成什么呢？”

“哦，我希望自己变成月亮，这样就可以从空中俯视大地了。”

“你呀，真是个小傻瓜，月亮是不能变的。”

小狸猫一脸很不情愿的表情，撒娇说：“不嘛，不嘛，如果变不了月亮，我就不变啦。”

狸猫妈妈抱起小狸猫，说：“月亮非常非常恐怖哦。如果你变成了月亮，真月亮将会十分生气，到时会用可怕的法子惩罚你。所以，妈妈还是教你变成其他有趣的东西吧！你仔细瞧着。”

狸猫妈妈说着，将小狸猫放到地上。

“来，孩子，把眼睛闭上，等我说‘行了’再睁眼。”

小狸猫照妈妈说的，闭上了双眼。但他的两只小手依然紧握着妈妈的手。

“孩子，这样可不行。放手，不要一直握着妈妈的手。”

“可是我担心妈妈会变不见了。”

“妈妈不会不见的，别担心。我现在就要开始变身了。”

“但是——”

“乖，闭上眼睛。然后从一数到十，数完就可以睁眼了。”

狸猫妈妈知道儿子还没学会数到十，但因为小狸猫已经闭上了双眼，一副明白妈妈在说什么的样子，所以狸猫妈妈匆忙开始变身。

“一、二、三、七、十。”

小狸猫很快就睁开了眼睛。但这时狸猫妈妈的变身还不完全，登时被搅得手忙脚乱。虽然此刻她身上已经披上黑袈裟，脑袋也光秃秃地，一眼望去似乎与净福院的和尚没什么不同，可是，她唇边还留着两撇胡子，屁股后还露出一截粗尾巴，这可不像和尚了。

“呀，孩子，妈妈还没变好，不能睁眼啊！”

狸猫妈妈迅速地将尾巴藏到袈裟里，但却忘记了唇边还留着两撇胡子。小狸猫看着面前的“和尚”惊呆了。妈妈呢？妈妈刚才还在自己身边，怎么一睁眼，看到的竟是一个陌生和尚呢？

小狸猫鼻子一酸，喊道：“妈妈……”

“孩子，妈妈就在这儿。”

小狸猫以为妈妈温柔的声音是从树后传来的，可是妈妈并不在树后，反倒是眼前的陌生和尚说道：“孩子，怎么啦？”

啊，这声音是妈妈的！小狸猫眨着眼睛，好奇地盯着和尚的脸。

“妈妈。”小狸猫又叫了一声。

“孩子，怎么啦？呵呵，孩子，看来你被妈妈给骗了。我就是妈妈啊！”

狸猫妈妈抱起小狸猫，小狸猫嘟着嘴说：“不，这个模样的妈妈我不喜欢，我要原来的真妈妈。”

“你害怕了？”

“嗯。”

“别怕，妈妈就在这儿。你很快也会变成这模样的。”

“可我不会呀。”

“所以妈妈正在教你啊。”

狸猫妈妈将小狸猫放到地上，自己随后变回原先的模样。接着，她开始耐心地教导小狸猫变身术。可是小狸猫老是学不好，有时和尚头变好了，两只手却仍然是黑色的；等到学会将黑色的手变成白色的手，藏在袈裟里的小尾巴又暴露了；当懂得把小尾巴藏进袈裟里时，耳朵又不知何时变回了毛茸茸的狸猫耳。

狸猫妈妈有点为难了。

“孩子，这样可不行。我教你的，你要认真记住啊。”

小狸猫却轻轻地打了个哈欠，说：“妈妈，我想休息了。”

变木屐

在某个小村子的村外，有一条河，河水哗哗流淌，河岸边有株高大繁茂的赤杨树。

赤杨树下，狸猫妈妈正在教小狸猫如何变身。

“变的如果是寺里的小和尚，就要披好袈裟才能见人。变的如果是武士，就要把发髻束好，留着胡子，然后在腰间插一柄武士刀。”

“那我就变个寺里的小和尚试试。”

于是，小狸猫变身成了小和尚。可是有个地方不对劲，小和尚怎么会有两撇往上翘的胡子呢?

“错了错了，变武士的时候才留胡子啊。” 狸猫妈妈有些失望地说。

以后每次变身都和这次差不多，小狸猫总是丢三落四，不管怎么努力都无法完美变身。但有一样东西它却变得很好，就是变木屐。它自己也说不清为什么会这样。

一天，小狸猫变成了两只木屐，左一只、右一只地丢在赤杨树下。

这时，一个武士从远处溜达过来。他正为自己断掉的木屐带子而发愁。

“哈哈，我真走运，这儿竟有一双木屐。” 武士边说边穿上小狸猫变的木屐。

悄悄躲在树后的狸猫妈妈，见此情景大吃一惊，目瞪口呆，不知所措。

武士迈开大步，向前走去。

小狸猫心想：“我要被踩扁了。这可怎么办呀？”禁不住“呜呜”地哭起来。

武士听见哭声，吓了一跳，急忙朝脚下望去，只见木屐后面忽然出现了一小截像毛笔笔尖一样的尾巴。

可是武士并不在意，依旧大步向前。

“呜呜呜，妈妈。”小狸猫顶不住了，放声大哭起来。

狸猫妈妈对小狸猫的安危十分担心，她用道旁的树来藏身，一路紧跟着武士。

武士走了一阵子，进入小村中。

村里有一家木屐店，武士在店里买了一双新木屐，然后脱下小狸猫变成的木屐，拎到屋外，递给小狸猫一文钱，说：“辛苦你了。”

小狸猫拿着一文钱，顿时将先前吃的苦头忘得干干净净，开心地回家去了。

蜗牛

大蜗牛背着一只刚出世不久的小蜗牛。小蜗牛真小呀，几乎是透明的。

“孩子，孩子，天亮啦，把眼睛伸出来吧。”蜗牛妈妈轻声唤着。

“有在下雨吗？”

“没有。”

“有在刮风吗？”

“没有。”

“真的吗？”

“真的。”

“那好吧。”小蜗牛将细长的眼睛从头上慢慢伸了出来。

“孩子，你认真瞧，头上是不是有片大东西？”蜗牛妈妈问。

“有。这刺眼的东西是什么呀？”

“这是绿色的叶子。”

“叶子？它有没有生命？”

“有的，不过它不会伤害你，别怕。”

“啊！妈妈，叶梢那儿有个闪闪发光的圆球。”

“那是清晨的露珠，美吗？”

“好美呀，美极了。圆滚滚的。”

就在这时，露珠“啪”一声，从叶梢轻轻滑落，掉到了地上。

“妈妈，露珠逃走了。”

“是掉下去了。”

“那它以后会回到叶子上吗？”

“不会再回去了。因为露珠一落地，就碎了。”

“是吗？那可不好玩。啊，那片白色的叶子在飞！”

“在飞的不是叶子，是蝴蝶。”

蝴蝶穿过树叶间的空隙，飞向高空。等到蝴蝶消失在远方，小蜗牛问：“从叶子和叶子当中远远望见的，是什么呢？”

“那是天空。”蜗牛妈妈答道。

“天空里面有谁在呢？”

“这个嘛，妈妈不清楚。”

“那天空的上面，又有什么呢？”

“这个嘛，妈妈也不清楚。”

“哦。”小蜗牛努力地伸长细眼睛，出神地遥望那片连妈妈也不知道的、不可思议的遥远天空……

蜗牛的悲哀

有这么一只蜗牛。

某天，它突然注意到一件极其严重的事：

“我以前怎么没有留意到，我背上的壳中，为什么装满了悲哀啊？”

这么多的悲哀，该如何消除呢？为此，蜗牛特地去找自己的朋友。

“我不想活啦。”蜗牛对朋友说。

“怎么了？”朋友问。

“我真是只不幸的蜗牛，我背上的壳里面，装的全是悲哀。”蜗牛答道。

朋友听了，说：“不仅是你，我的壳里面，也全是悲哀啊！”

蜗牛无法，只好又去另一位朋友那儿诉苦。

可是，另一位朋友竟也对它说：“不仅是你，我的壳里面，也全是悲哀啊！”

无奈的蜗牛，只得又去找别的朋友诉苦。

然而拜访完所有的朋友，它得到的，依然是那句相同的话。

终于，蜗牛醒悟了："不管是谁都有悲哀，可不仅仅是我有！我必须能忍受自己的悲哀。"

从此以后，这只蜗牛便不再长吁短叹地抱怨了。

狐狸买油

在大山里，猴子、鹿、狼、狐狸，生活在一起。

它们只有一盏灯笼，灯罩外形四四方方，是用纸糊的。

一到天黑时，大家就会点亮这盏灯笼。

某天傍晚，大家发现灯笼中的油即将用完。

为此，必须去村里的油店买油。可是，派谁去合适呢?

大家谁都不愿去村里。因为村里的猎人和狗，是大家最害怕的。

“那我去一趟吧！”一只动物自告奋勇地说。

大家一看，是狐狸。因为狐狸会变化，能变成人类的小孩模样。

大家心里都想：是啊，让狐狸去再合适不过了。

于是，就这么定下来了，派狐狸去买油。

狐狸立即施展变身术，变成一个人类小孩的模样。它脚穿一双破草鞋，“哒哒哒”地拖拉着，朝村里走去。过不多久，它顺利地买到了一壶油。

在回山的路上，狐狸穿过洒满皎洁月光的油菜地，鼻中闻到阵阵诱人的香味。它找了一圈，才发现香味来自刚买的油。

“就，就尝一小口……”

狐狸一面说，一面伸出舌头，舔了一口油。哇，太美味了，实在是好吃！

片刻后，狐狸又受不住诱惑了。它自言自语道：“再尝一小口应该没问题吧？我的舌头也不大嘛。”

说完，又伸出舌头，再度舔了一口油。

又过了片刻，狐狸还是抵不住诱惑，又舔了一口油。

一口又一口……

没错，狐狸的舌头是比较小，所以它每舔一口，只吃掉一点点油。但再多的油，也经不住它一口又一口地不断舔，到最后，整壶油都被它舔光了。

就这么着，当狐狸回到山里时，油已经全进了它的肚子。它带回来的，仅仅是一个空壶。

正眼巴巴地等待狐狸回来的鹿、猴子、狼，见到空壶，全都不由自主地叹起气来。今晚没有油点灯了，大家失望极了。它们都在心里想着：“唉，唉，实在不该让狐狸去买油啊！”

腿

两匹马在窗旁呼呼午睡。

一阵清凉的风吹来，其中一匹马打了个响鼻，醒来了。

但它的一条后腿因为睡得麻痹了，导致身子无法站稳，摇摇晃晃差点摔倒。

“哎呀呀。”无论如何使劲，那条后腿就是不能动弹。

它赶忙摇醒另一匹马。

“不得了啦，我的一条后腿被人给偷了。”

“你的后腿，不是好端端地还在身上吗？”

“不，不对，这条后腿不是我的，是其他马的腿。”

“怎么可能！”

“可这条后腿完全不听我的。你要不信，使劲踢一脚看看。”

于是，另一匹马用蹄子“砰”地狠踢了朋友的后腿一脚。

“瞧，这腿的确不是我的，一点疼痛都没有。要是我的腿，肯定会很痛很痛。没错吧？所以必须尽快找回我被偷走的腿！”

说完，这匹马晃晃悠悠地向外走去。

“呀，这儿有把椅子。说不定就是椅子偷走了我的腿。嗯，踢它一脚！如果是我的腿，自然会痛。”

马用一条腿，踢了椅腿一下。椅子没有叫疼，一声不吭，直接被踢坏了。

马又“砰砰砰”地朝桌腿、床腿踢去。桌子和床也没有叫疼，同样被踢坏了。

找来找去，就是找不到被偷走的腿。

“呃，说不定是那小子偷的。”马寻思着。

于是它返回另一匹马身边，找了个时机，“砰”地猛踢了朋友的后腿一脚。

“痛死了！”另一匹马高叫着直蹦起来。

“嘿嘿，我的腿找到了。原来是你把我的腿给偷了。”

“你这个白痴！”另一匹马用力回敬了一脚。

由于麻木的时间已过去，马的那条后腿开始有了知觉，它也高叫着直蹦起来：

“好痛！”

这样，那匹马终于明白了，自己的腿并不是被偷走，只不过是麻木了。

红气球和白蝴蝶

有一位老爷爷，在街边卖气球。那束气球中，有红色的、有蓝色的、有黄色的、有紫色的，还有其他各种颜色。这些气球挨在一起，随风飘动。

一只白蝴蝶，天天都飞来，跟气球们一块嬉戏，从早玩到晚。

气球中有一个最小的红气球，白蝴蝶跟它感情最好！

这天，一位保姆背着小宝宝来到街边，花一分钱买走了小小红气球。

临走时，红气球对白蝴蝶说："再见了，蝴蝶！"

但白蝴蝶却坚定地说："不，我要一直跟着你！"

白蝴蝶拍着翅膀，翩翩飞舞，一路紧跟在红气球后。

保姆背着小宝宝，穿过林荫小道，向公园方向走去。红气球被一根细细的线牵引着，飘在保姆身后。红气球后边，又跟着白蝴蝶。

保姆步入公园，坐到长椅上，唱起摇篮曲哄宝宝睡觉：

乖——乖——睡觉觉——

乖——乖——睡觉觉——

可是小宝宝没睡着，保姆自己反倒迷迷糊糊地睡着了。

白蝴蝶忧心忡忡，问红气球说：“你接着会去哪儿呢？”

红气球答：“我也不清楚。”

就在这时，熟睡的保姆松开了牵着细线的手，红气球向空中飘去。

白蝴蝶急忙追赶着红气球，也朝空中飞去。

“我不知道会飘去哪里！蝴蝶，你还是回家吧……”红气球说。

“不，我一定要跟着你。”白蝴蝶说。

红气球、白蝴蝶，都飞到了很高的天空中。它们一起向下望，城镇好小呀，一座座房子也跟积木一样。

“不要再跟着我飞了！会飞到哪儿，遇到什么情况，我真的不清楚！”红气球劝道。

可是白蝴蝶依然不离不弃地挥动着翅膀，紧紧跟随红气球。

过了一会儿，红气球和白蝴蝶，都飞得再也望不见了。

小和尚念经

山上有座庙，庙里的老和尚生了病，就让小和尚代自己去施主家念经。

小和尚担心把经文给忘了，在路上边走边念，一刻不停：

归命，

无量，

寿如来。

当他路过油菜地时，一只小兔朝他喊："小光头，青头皮的小光头。"

"有事吗？"

"陪我玩一会儿吧。"

于是小和尚便开始和小兔一块儿玩。

玩了一阵子后，小和尚忽然叫起来："啊，不好，我忘记经文怎么念了。"

小兔教他说："没关系的，那经文你就不用念了。改唱'对面小路上，牡丹花盛开'就可以了。"

小和尚来到施主家后，按小兔教的法子，在灵柩前用稚嫩可爱的声音，唱道：

对面小路上，
牡丹花盛开。
花盛开，花盛开，
牡丹花盛开。

在场的人听了，都大吃一惊，个个大睁双眼，而后"扑哧"一声笑了。这么有趣的经文，可真是闻所未闻啊！

法事完毕后，主人郑重地递给小和尚几个包子，作为答谢："小师父，给你，有劳了。"

"多谢施主。"

小和尚将包子放入袖兜中。

在回庙的路上，他当然没有忘记拿出包子，与小兔分享。

影子

明月升过头顶，悬于上空，将树木的影子映得黑黝黝的，而屋顶则变得像一面镜子，晃着白光。

忽然，从一根树枝上，掉下来一个物体。

那是一只在树枝上休憩的乌鸦。在它双脚着地的一瞬间，它惊得目瞪口呆。原来，在它脚下，出现了一团清晰的黑影。这么清晰的影子，乌鸦从未见过，而且那影子看上去，似乎还有生命。

“呱呱，呱呱——”

乌鸦朝自己的影子打招呼，但影子并未回答，只微微地张了张嘴，好像也在说“呱呱”。

“你有没有生命呢？”乌鸦问影子。

“我有生命。” 影子又张了张嘴，像是在回答。

“那你会不会飞？” 乌鸦又问。

“不会，但是我跑起来挺快。”影子好像又在回答。

“什么？你会跑？那好，咱们来比赛吧！我在天上飞，你在地上跑，好不好？瞧，小山冈前方有一片小树林，那儿就是终点。”

无论乌鸦说什么，影子都跟着它张嘴，也好像在说什么。乌鸦不再说话，而是摆好姿势，准备起飞。这时，它发现影子也摆好了姿势，似乎正准备起跑。

“预备，砰！”

乌鸦喊完口令，立即振翅飞上高空，影子也马上跟着它跑了起来。乌鸦从空中向下一望，只见黑黝黝的影子在起伏的农田上奔跑着，就像浪尖上的一片树叶，忽上忽下，速度真的挺快哩。乌鸦心想绝不能输给它，于是使出全力飞啊飞。可是影子也越跑越快。“这可不行！”乌鸦着急了，使劲拍打翅膀。但影子就是一直跟着它，步伐飞快，毫不落后。终于，乌鸦用尽了全力，“啪”一声，像黑手套一样，落到了终点的地面上。与此同时，影子也和乌鸦一起到达了终点。

乌鸦气喘吁吁地说：

“一起到达终点。”

影子也好像在喘着气，张嘴说：

“一起到达终点。”

次日清晨，一个樵夫去小树林里伐木，发现树林旁的草地上有一只乌鸦，已经断了气……

小狐狸阿权

一

这个故事，是我小时候听村里的茂平爷爷讲的。

据说在从前，邻近俺们村有个地方叫中山，那里有座小城堡，城主名叫中山。

距中山城堡不远的山里，住着一只名叫阿权的小狐狸，它在满是羊齿草的森林中，挖了一个地洞，作为自己的家，独自居住。无论是白昼还是黑夜，它都喜欢跑到周边的村子里，干些调皮胡闹的事。有时把地里的番薯给刨出来，四处乱扔；有时又把正在晾晒的油菜秸秆给点着火；有时又去揪挂在农家后院的辣椒。诸如此类恶作剧，被它干了不少。

某年的秋天，大雨不停地下了两三天，导致阿权无法出洞，只好一直闷在洞里。

等到雨一停，阿权松了口气，急忙爬到洞外。只见晴空万里，伯劳鸟正在啾啾欢唱。

阿权跑到村中小河的堤岸上。周围的狗尾巴草上，晶莹的雨珠在闪光。这条小河平时水很浅，但连续几日的大雨过后，河水暴涨起来。平时岸边的狗尾巴草和胡枝子，都不会被水浸到，现在却被浊黄的河水冲荡着，乱糟糟地横倒一边。阿权顺着泥泞的小道，向小河下游走去。

突然，它望见河里有一个人，似乎正在做什么。阿权担心被发现，赶忙一声不响地钻进深草丛里，躲在那儿，紧盯着那人。

“哦，是兵十呀。”阿权看清后，在心里说道。

兵十将破破烂烂的黑色和服，由下至上卷起，身子浸在齐腰深的河水中，摇晃着一张捕鱼网。他头缠布巾，一侧的脸上，粘着一片圆圆的胡枝子叶，看上去就像一粒大黑痣。

过了片刻，兵十将渔网底部的袋子，从水中拉了起来。网底乱七八糟地塞着一堆枯枝败叶和烂木片，不过也有一些白花花的东西在闪着亮光。那是肥美的鳗鱼和大鲫鱼的白肚皮。兵十将鳗鱼和鲫鱼以及乱七八糟的东西一股脑儿倒进鱼篓里，接着扎紧网底的袋口，把渔网重新沉入水里。

随后，兵十拎着鱼篓上了岸，像在寻找什么东西似的，把鱼篓留在河堤上，自己拔脚朝上游跑去。

兵十刚离开，阿权就“嗖”地从草丛中冲出来，迅速跑到鱼篓旁边，打算再来一次恶作剧。它将鱼篓里的鱼全部抓出来，朝着张网处的下游河里，一条条扔去。那些鱼“扑通、扑通”地，全都潜入了浑浊的水底。

最后就剩下一条肥大的鳗鱼，十分滑溜，阿权伸爪去抓，怎么也抓不牢。阿权不耐烦了，把脑袋伸进鱼篓里，一口咬住鳗鱼头。鳗鱼呼一下，紧紧缠住阿权的脖子。就在这时，对面传来兵十的吼骂声：

“你好大胆啊，贼狐狸！”

受惊的阿权直蹦起来，想要甩掉鳗鱼逃跑，可是鳗鱼死命缠住它的脖子不放，无论如何也甩不掉。阿权只好飞快地闪到一旁，脖子上缠着鳗鱼，拼命奔逃而去。

它逃到自家洞口附近的赤杨树下时，回头一看，兵十并没有追赶过来，它这才松了口气，咬碎鳗鱼头，解脱出来。随后将鳗鱼丢在洞外的草地上。

二

十几天后，阿权路过农夫弥助家屋后时，见弥助的妻子正在无花果树下染黑齿[①]；当路过铁匠新兵卫家屋后时，又见新兵卫的妻子正在梳头。

阿权心想：“唔，村子里似乎要办什么活动？是什么呢？秋祭[②]？如果是秋祭，应该听到敲鼓和吹笛声啊。而且神社前还会挂起旗幡。”

阿权一面想一面走，不知不觉走到了门前有个红陶井台的兵十家门前。只见又小又破的屋里聚集了不少人，一些穿着正式的礼服、腰间掖着布手巾的妇女，在门外临时砌的灶前烧火。大锅里咕嘟咕嘟地，不知在煮什么东西。

---

① 古日本女性以染黑齿为美。将铁屑浸入酒、茶、醋中，置于暗处发酵两个月，使其出黑水，制成铁浆。然后用羽毛、笔、杨枝、毛刷等将铁浆涂抹在牙齿上。

② “秋祭”是庆祝丰收、答谢神明的祭典。

“啊，是葬礼！”阿权心想：“兵十家谁去世了呢？”

晌午过后，阿权跑到村外的墓地，躲到六地藏[①]塑像的背后。今天天气晴好，远处城堡的屋瓦反射着阳光。墓地里，成片的石蒜花[②]绚烂盛开，仿佛给地面铺了一层红地毯。这时，从村里传来“当当”的钟声，开始出殡了。

很快，穿着白色丧服的送葬队伍，隐隐约约地渐渐走近，说话声也越来越近。送葬队伍走进墓地，在他们走过的地方，石蒜花被成片踩倒。

阿权踮起脚望去，看到兵十身穿白色孝服，手捧灵牌，平时像番薯一样红扑扑、精神焕发的脸，今天却显得萎靡不振。

“啊，原来是兵十的妈妈去世了。”阿权边想边缩回了头。

当晚，阿权在洞里想着：

“一定是病倒在床的兵十妈妈，念叨着要吃鳗鱼，所以兵十才在河里布下渔网。可是，由于我的恶作剧，把鳗鱼偷走，害兵十妈妈吃不到鱼就去世了。她临死前，肯定念念不忘吃鳗鱼、吃鳗鱼，最后却带着遗憾走了。唉，我真不该弄那个恶作剧。”

三

兵十在红陶井台上淘洗麦子。

---

① 六地藏：指度化天、阿修罗、人、畜生、饿鬼、地狱六道众生的六尊地藏菩萨。

② 石蒜花：又名曼珠沙华、彼岸花。在日本，秋分前后三天叫“秋彼岸”，是日本人上坟的日子。彼岸花开在秋彼岸期间，非常准时，故得此名。传说亡人就是依着这花的指引，前往幽冥地府。

以前，他一直和妈妈相依为命，过着清贫的日子。如今妈妈去世了，就只剩他孤苦伶仃一人了。

“兵十和我一样，也变成孤苦无依了。”

阿权从仓房后偷看着兵十，这样想道。

就在它刚从仓房旁边离开时，不知从何处传来了阵阵卖沙丁鱼的吆喝声：

“沙丁鱼低价甩卖，新鲜的沙丁鱼！”

阿权向吆喝声那边跑去。正逢弥助的妻子在里屋喊道：“我要买沙丁鱼。”

沙丁鱼贩将放着沙丁鱼筐的车子停靠在路旁，双手抓住闪着白光的沙丁鱼，走进弥助家。阿权趁这个好机会，快速从鱼筐中抓出五六条沙丁鱼，然后急急朝来时的方向飞奔。它跑到兵十家后门口，把沙丁鱼扔进兵十家，随即又飞奔回自己的洞穴。途中，它从高坡上回首遥望，只见远处身影已变得很小的兵十，还在井台上淘洗着麦子。

阿权觉得，这是自己为补偿偷兵十鳗鱼那个恶作剧而做的第一件好事。

第二天，阿权特意去山里捡了一大堆栗子，一路捧到兵十家。它从后门偷偷向里一看，兵十正在吃午饭。可是他手中端着饭碗，并不扒饭，只是怔怔地发呆。更奇怪的是，他的腮帮上还有受伤的痕迹。这是怎么回事？阿权正猜测着其中的原因，只听兵十自言自语地嘀咕说：　“究竟是谁把沙丁鱼扔进我家呢？害我被误会成小偷，挨了沙丁鱼贩一顿揍。”

阿权心想：坏啦，可怜的兵十，原来是被卖沙丁鱼的家伙给打了，这才留下了伤痕。

阿权一面想，一面悄悄绕到仓房门口，将栗子放在门前，然后回家去了。

第三天、第四天，阿权连续两天捡了栗子送到兵十家。再后来，它不仅送栗子，还采了两三朵松蘑送去。

四

这天夜里，月色溶溶，阿权又出洞玩耍。当它经过中山城主的城堡下时，听见在金琵琶[①]的唧唧叫声中，夹杂着谈话声。有人正从小路的对面走来。

阿权急忙躲到路旁，屏息静气。说话声越来越近了，原来是兵十与农夫加助。

“对了，加助，听我说。”这是兵十的声音。

“嗯？”

“我最近碰到一件相当古怪的事。”

“啥事？”

“自从妈妈去世后，不知是谁，每天都送栗子、松蘑到我家。”

“哦？不知是谁？”

“是啊。总是趁我没留意的时候，把东西放下就走了。”

阿权悄悄跟在他们后面。

“真有这种事？”加助又问道。

① 金琵琶：蟋蟀的一种，别名云斑金蟋、南金钟。平时静伏于草丛下部，夜晚爬到草丛中上部鸣叫。

“绝不骗你。你要是不相信，可以明天来我家瞧瞧，我拿那些栗子给你看。”

“呃，竟有这种怪事！”

说到这里，两人沉默下来，不再说话，只顾向前走。

加助无意中回头看了看，阿权被吓得一哆嗦，急忙蜷起身子藏起来。加助其实并未发现阿权，继续快步朝前走去。

两人来到农夫吉兵卫的家门口，随后走入屋中。屋里响着“笃笃笃”的敲木鱼声。窗纸上透着灯光，映出一个光头和尚摇头晃脑的影子。

“噢，原来是在念经做法事。”阿权边想边蹲到井台上。片刻后，又有三个人结伴走进吉兵卫家。

屋中传出念经声。

五

阿权一直蹲在井台上，等他们念完经，结束法事。兵十依旧和加助一道回家。阿权想知道他们俩说些什么，便跟在兵十的影子后面偷听。

走到城堡前时，加助开口说：“刚才你说的那事儿，一定是神明干的。”

“啊？”兵十吃惊地望着加助的脸。

“方才我一直在琢磨，总觉得无论如何不是人干的，而是神明。是神明见你孤苦伶仃，十分可怜，所以赐给你那些东西。”

“是吗？”

“一定是！所以你最好每天都敬拜神明。”

“嗯。”

阿权心想：哼，这家伙太会胡说八道了。那些栗子、松蘑，明明是我送去的。不来谢我，却要去拜什么神明。我可真不划算。

六

第二天，阿权又捧着栗子送去兵十家。兵十正在仓房中搓草绳，阿权便从屋子后门偷溜了进去。

这时，兵十恰好抬头看见了：啊，竟有只狐狸溜进我家！上回偷我鳗鱼的小狐狸阿权，又跑来捣乱了！

“那好！”兵十站起身，取下挂在仓房的火绳枪，填好火药，然后轻手轻脚地靠近正要出门的阿权，“砰”地开了一枪。

阿权被击中了，“扑通”一声栽倒在地。

兵十跑过去，一眼见到屋里地上放着的一堆栗子。

“啊？”他吃惊地将目光望向阿权。

“阿权，是你？不断给我送栗子的，原来是你？”

阿权无力地点点头，闭上了双眼。

火绳枪“咣”一声，从兵十手中滑落坠地，枪口处还冒着一缕青烟。

鹅的生日

在某户农家的后院里，住着鸭子、鹅、土拨鼠、小兔子和黄鼠狼。

这天鹅过生日，其他动物都收到了鹅的邀请，去它家里做客。

要是再叫上黄鼠狼，朋友们就都齐了。但究竟叫不叫黄鼠狼来呢?

大伙儿都清楚黄鼠狼并不是坏蛋，只不过它有一个无法启齿的坏毛病。什么坏毛病呢？不是别的，就是它经常放屁，又臭又响。

可是真的不请黄鼠狼么，那样的话，黄鼠狼会十分生气的。

于是，大家让小兔子去请黄鼠狼。

“鹅今天过生日，也请你去它家庆贺。”

“啊，真的吗？”

“不过呀，黄鼠狼先生，大家有个请求，想和您商量下。”

“什么请求呢？”

“这个嘛……有点难开口。大家请您今天别放屁，行吗？”

黄鼠狼登时臊红了脸，急忙答应道：“行，行，一定不放。”

就这样，黄鼠狼也参加了鹅家的生日宴会。

宴席真丰盛，美味佳肴不断端上桌，有豆腐渣、胡萝卜缨、瓜皮、杂烩粥等，全是大伙儿爱吃的。

大家吃饱喝足，黄鼠狼也吃得十分尽兴。

大家感觉都挺好，因为黄鼠狼果然一个屁也没放。

然而不幸的事还是发生了。黄鼠狼忽然倒在地上，昏迷不醒。

啊，不得了啦！土拨鼠医生赶紧上前，检查黄鼠狼胀得圆鼓鼓的肚子。

“各位，”土拨鼠望着大伙儿担忧的面孔，“黄鼠狼是因为拼命憋着屁不放，才晕过去的。要救它，除非让它痛痛快快地把屁放出来，否则别无他法。”

哎呀！大伙儿你瞧我、我瞧你，不约而同地叹了口气。唉，看来请黄鼠狼来确实不好啊。

八音钟

二月的某一天，在寂静的原野道路上，一个十二三岁的少年和一个三十四五岁、挎着皮包的男子，同方向并排而行。

这天暖风和煦，道路因为消融的积雪，显得湿漉漉的。

在枯草阴影处玩耍的乌鸦，发现了两人的身影，受惊飞起。当它掠过堤岸时，那乌黑的背羽，在阳光下闪出反光。

“小家伙，你只身一人，要去哪儿呀？”

中年男子开口问少年。

少年将插在口袋里的手，前后摆动了两三下，脸上露出讨人喜爱的微笑。

“去镇上。”

男子心想，这孩子一点也不怕生，不会动不动就害羞，看上去是个爽快人哩。

于是他们聊了起来。

“小家伙，你名字叫啥？”

“我叫廉。”

“连？连平吗？”

“不是。”少年摇了摇头。

“那么，是连一？”

“不是啦，叔叔。就只有一个‘廉’字。”

“哦。那个字是怎么写的？是‘连接’的连吗？”

“不是。是一点、一横、一撇，再来两点……”

“看来是个很难写的字。这种难字，叔叔大多数都不认识。”

少年便拾起树枝，在地上写了一个大大的“廉”字。

“唔，这个字果然难写。”

两人继续前行。

“叔叔，这个‘廉’字，是清廉洁白的‘廉’。”

“唔，那四个字是什么意思？”

“清廉洁白，就是一切坏事都不做，哪怕到了神明面前，或者被警察捉住，都问心无愧。”

“是嘛，就算被警察捉住也不会有事。”男子说着，咧嘴一笑。

“叔叔，你外套的衣兜，真大呀！”

“嗯，是的，因为大人的外套比较大，衣兜当然也大喽。”

“暖和吗？”

“你是问衣兜里？那肯定暖和啊。热烘烘的，就像装了个暖炉。”

“我可以把手放在里面一会儿吗？”

“小家伙，说什么傻话呢！”

男子哈哈大笑。但他也知道，有一类古怪的孩子，一旦相熟后，就想碰碰对方、把手伸进对方的衣兜里，以此来表示亲近。

“那就放进去吧。”少年将手伸进了男子外套的衣兜中。

“怎么回事？完全不暖和嘛。”

“哈哈，是吗？”

“还比不上我们老师的衣兜暖和呢。我们早上到学校后，都轮流把手伸进老师的衣兜里取暖。我们老师叫木山。”

“是吗？”

“咦，叔叔的衣兜里，有个硬邦邦、冷冰冰的东西，是什么？”

“你猜。”

“好像是金属做的……挺大的……上面还有一个发条……”

就在这时，忽然从男子的衣兜里，传出优美的音乐声，把两人都吓了一跳。男子慌忙用手摁住衣兜开口处，但音乐声依然不停传出。男子举目张望四周，确定除了少年外再没有别人时，才松了一口气。仿佛小鸟在天堂中歌唱的美妙乐声，继续响着。

“叔叔，我知道了，这是个时钟，对吗？”

“嗯，这叫八音钟。因为你刚才触动了发条，所以它就奏起音乐来。”

“这首曲子我喜欢极了。”

“哦？你知道这曲子？”

“知道。叔叔，我可以将八音钟从衣兜里拿出来吗？”

“这，这不太好。”

正说着话，音乐声停了。

“叔叔，可以让我再听一遍吗？”

“嗯，不会被别人听到吧？”

“叔叔，你干吗老是东张西望的？”

“因为要是被别人看到的话，会感到奇怪的。一个大人，还在玩小孩子的玩具。”

“说得也对。”

随后，男子的衣兜中再度响起音乐声。

两人聆听着音乐，默默地向前走。

“叔叔，你一直都带着这个八音钟吗？”

“嗯，你觉得奇怪？”

“是挺怪的。”

“为什么？”

“我经常去玩耍的那家药店老板的家里，也有一个八音钟，他十分爱惜，像宝贝一样摆在陈列柜中。”

“什么？那家药店你常去玩？”

“是啊，常去的，老板是我的亲戚。叔叔也认识那家店的人？”

“唔，稍微认识。”

“药店的老板伯伯，可珍惜那个八音钟呢。像我们这样的小孩，从来都不让碰……咦，又停响了，再让我听一遍可以吗？”

“一直这样听，就没完没了啦。”

“就一遍，呐，叔叔，呐，呐，就最后再听一遍。啊，响了响了。”

“你这小家伙，自己都会弄响了，又何必求我？真狡猾。”

“我不清楚啊，只是手稍稍碰了一下，它就响了。”

“不要辩解了。话说回来，小家伙，那家药店你真的常去？”

“嗯，因为住得很近，所以时常去。我和那个伯伯关系挺好。伯伯在日俄战争时可勇敢了，子弹打的伤痕现在还留在他的左臂上呢！”

“哦？”

“可是日俄战争那些事，他一直不愿跟我们多说。”

“是吗？”

“伯伯说俄军的机关枪可厉害了。”

“是吗？”

“他还说，那时候他被打昏了，醒来一看，被俄军包围了，就死命冲了出来。”

“是吗？”

“不过，这些事他很少谈到了。八音钟就是他胜利回国后在大阪购下的。”

“是吗？”

“可是，他总是不愿意让八音钟发出响声。一旦音乐响起来，伯伯脸上就会露出寂寞的表情。”

“为什么？”

“伯伯说，他只要一听到八音钟响，脑海中就会出现周作的影子。”

“呃……是吗？”

“周作是伯伯的儿子，是个不良少年，从学校毕业后，就不知跑到哪儿去了。这事已经过去很久了。”

“那药店的伯伯，是怎么说那个周作……也就是他儿子的？”

“骂他是混蛋。”

“是吗？他这样说的，混蛋啊。那家伙确实是个混蛋。唉，音乐又停了。小家伙，你可以再让它响一次。”

“真的？……啊，多么美妙的音乐！我妹妹晶子，最喜欢八音钟。她在临死前，还哭闹着要再听一遍。我就跑去药店，从伯伯那儿借来，放给她听。”

“……她不在世了？”

“嗯，前年祭典前离世的。坟墓就在林子里，旁边是爷爷的墓。爸爸去河滩上挑了一块大大的圆石头，立在墓前。晶子年龄还小，每逢她的忌日，我就去药店找伯伯借八音钟，拿到林子里放给她听。音乐声在林子里显得特别清澈。”

“嗯……”

两人走到一个大水池边，望见对面靠岸的水面上，浮游着两三只黑色水鸟。少年一见，急忙抽出放在男子衣兜里的手，双手打着节拍，唱起儿歌：

水鸟，

水鸟，

请你吃米团，

快快潜入水。

男子听了少年唱的儿歌，问：“现在还有人唱这首歌？”

“是的。叔叔你也会唱？”

“叔叔小时候也唱着这歌逗水鸟呢。”

“看来叔叔小时候也经常走这条路？”

“嗯，每天都要经这条路去镇里上中学。”

“叔叔，你还回来吗？”

“呃……说不准。”

他们来到岔路口。

“小家伙，你往哪边走？”

“这边。”

“这样啊？那么再见。”

“再见。”

现在只剩少年独自一人了，他把手插入自己的衣兜中，蹦蹦跳跳地朝前走。

“喂，小家伙……等一等。”

中年男子忽然在远处大喊。少年停下脚步，向男子的方向望去。只见男子急切地不停挥手，便又返身走了过去。

“嘿，小家伙。”

等少年走近后，男子露出不好意思的表情，说：

“其实啊，小家伙，叔叔昨晚就在那家药店借住。可是，今早离开时，稀里糊涂地，不小心将药店的八音钟带了出来。”

……

“真是抱歉，小家伙，能不能帮个忙，将我错拿的八音钟，还有这个（男子边说边从外套内侧的兜里，掏出一块藏得很隐秘的小怀表）还回药店去？呐，行吗？”

“嗯。”

少年双手接过八音钟及怀表。

“替我向药店的伯伯问好。再见。”

“再见。”

“对了，小家伙，你叫啥名字来着？”

“清廉洁白的‘廉’呀。”

“嗯，是的，小家伙是那个清廉……啥来着？”

“洁白。”

“嗯，洁白，这下子记住了。你要人如其名，成为一个优秀正直的大人哦。那么，这次真的再见啦。”

“再见。”

少年手拿钟、表，目送男子远去。男子的背影渐行渐远，最后消失在稻草垛后边。少年也迈步前行，一面走，一面歪着脑袋想心事，似乎若有所思。

过了一会儿，一辆自行车从后面追上了少年。

“呀，药店伯伯。”

“哦，阿廉，是你啊。”

脖子上围着一条围巾的药店伯伯从自行车上下来，然后咳嗽了好一阵，导致一时间无法说话。那咳嗽声就像冬夜里风吹枯枝所发出的呼呼声。

“阿廉，你是由村里走到这儿的吗？”

“嗯。”

“那刚才在途中，你有没有遇到一个从村里出来的中年男子？”

“有，还一起走呢。”

“啊！那、那个钟，为什么你……”

老伯伯注意到了少年手里的八音钟和怀表。

“那个人说，他在您家拿错了东西，请我帮忙还给您。”

“还给我？”

“嗯。”

“真的吗，那个混蛋？”

“咦？他是谁？伯伯。”

“他呀……”

老伯伯又咳嗽了一阵，说：“他就是我家周作啊。”

“啊？真的？”

“昨天，离家十多年的他，竟然回来了。他说自己在外面这么长时间，干了许多坏事，但这次下决心要改邪归正，并决定在镇里的工厂找个工作。听他这么说，我就留他住了一宿。哪知道今天早上，他老毛病又犯了，趁我不留神，偷走了钟、表。真是个混蛋啊！”

“可是，叔叔说是他拿错了，并不是真的想偷。而且他还对我说，一定要做个清廉洁白的人。”

“是吗……他竟然会说这种话……”

少年将钟、表递还给老伯伯。老伯伯颤巍巍的双手接过八音钟时，碰到了发条。于是，八音钟又响起了优美的音乐声。

老伯伯、少年，以及立在那里的自行车，在广阔的原野上投射出影子。两人倾听着动人的音乐，良久、良久。老伯伯的眼中泪光闪动……

少年将目光从老伯伯身上移开，朝刚才那个中年男子消失的稻草垛方向眺望着。

原野的尽头，一朵洁白的云飘荡在天际。

一团火苗

在我还是小孩时，我们全家一起住在山脚下一个小村中。

我家维持生计的收入，来自卖灯笼、卖蜡烛的钱。

某天晚上，有个牛倌到我家来，要买灯笼和蜡烛。

“小朋友，麻烦你，能不能帮忙将蜡烛点上？”

牛倌对我说。

我呀，那时连火柴都没用过一次呢。

硬着头皮，提心吊胆地握住火柴棍的一头，一划，火柴头登时燃起一团蓝色的火苗。

我将火苗凑近蜡烛，点亮了灯笼。

“呀，十分感谢。”

牛倌说完，将点亮的灯笼悬挂在牛的侧腹，离开了我家。

我独自站在那儿，猜想着：刚才点燃的那团火苗，会到哪儿去呢？

那个牛倌似乎是对面那座山上的人，那么火苗应该跟着他，翻过山头了吧！

也许，他会在山里遇见去其他村子的游客。

那游客也许会说：“打扰一下，麻烦借个火。”

随后从牛倌的灯笼中借出火，点亮自己的灯笼。

接着，那游客或许会沿着山路继续向前行。

在途中，他或许会遇见一群敲锣打鼓的村民。

那些村民大概会说：“俺们村里有个小孩，被狐狸拐跑了，到现在还没回来。俺们正在到处找他，打扰您了，可不可以借灯笼里的火给俺们点灯笼？”

之后，这团火苗，就会从游客的灯笼中，传递到所有村民的灯笼中，点亮那些长灯笼和圆灯笼吧？

接下来，那些村民就会继续敲锣打鼓，在山里四处寻找失踪的孩子吧？

即使在今天，我依然在这么想：当时点燃牛倌灯笼的那团火苗，此时仍在一个灯笼接一个灯笼地点亮，一直传递到远方，不灭地燃烧着吧？

猴子与武士

五个武士行走江湖。这天，他们来到一条山路上，望见树下有只猴子。

“咱们把那猴子宰了吧！”

“好，让俺来吧！俺的刀一个多月没出鞘了，手痒得很！”

“不，应该由俺来！俺的刀最快了。”

“不行，都不行。你们的刀法都太差劲，准把猴子惊跑。还是俺来吧！”

“大家别争了，求你们让俺来杀！”

可是等他们近前一看，那只猴子已经病得动弹不得了。杀一只病恹恹的猴子实在没劲，所以五个武士带走了猴子。

过了些日子，猴子病愈了，同时也与五个武士变得十分亲近。然而武士们流浪江湖，在荒野中粮食全吃完了，不得不商量着把猴子杀了充饥。

“你去杀猴子吧！你不是抢着要杀吗？”

“不，还是你去吧。俺的刀已经不锋利了。”

“那你怎样？你不是手痒得很吗？”

“不，不，俺这会儿肚子痛。”

他们边商量边往前走。在荒野的尽头，出现了一个小村子。

“啊，前面有村子。到了那儿，就有食物吃了。俺们不用杀猴子了。”

五个武士眼眶中满是泪水，他们都在为没杀掉猴子而高兴。

兔子

有个小贩，手中拎着一个兔笼，到处叫卖。

兔笼装的自然是兔子，可是小贩却大声喊道："卖小毛驴，有人要买小毛驴吗？"

有个老伯正打算买头毛驴，于是就往小贩拎着的兔笼里望了望。

"唉，太小啦。"

"因为还没长大嘛。"

"瞧这模样，就算长大了，也大不到哪儿去！"

"那您可就错了。这小毛驴长大后，个头能有马棚那么高。"

"你没有骗我吧？"

"千真万确。瞧瞧这耳朵，多长呀！这就是它会长得很高大的证据。"

老伯仔细一看，嗯，耳朵果然很长，还直竖起来。

他不知道这其实是兔子，就掏钱买了。

老伯回到家，做了个给驴拉的车子。

既然这头驴将会长到马棚那么高，驴车当然也不能小喽。

所以驴车最后做得像马棚那么高大。

驴车做好后，老伯开始用心喂养“小毛驴”，可是“小毛驴”就是不见长大。

老伯终于生气了！

“不能再等了！今天就必须让它拉车。”

于是兔子被套到驴车上，老伯坐在赶车的位置，挥舞着鞭子，吆喝起来：“驾——”

兔子哪管这些，只顾着啃路旁的青草。无论老伯如何呵斥，就是没用。

“唉！”

老伯又气又累，趴倒在驴车上。

捡来的军号

很久以前，有一个穷苦的男子，虽然年纪轻轻，却已失去了双亲，也没有兄弟姐妹为伴，只有自己孤单一人。

他内心十分渴望能做件轰轰烈烈的大事，从而成为大人物。

恰在此时，西部爆发了战争。

消息传来，这个男子喃喃自语道：“太好了，我现在就去战场。只要立下赫赫战功，就能当大将了。”

于是他向着西面出发了。不过他身无分文，坐不了火车，也乘不了汽车，唯有一村接一村地乞讨，一步一步地向前走。

“战争在什么地方？战争在什么地方？”

每到一处，他都这样打听。

就这样走了一两个月后，终于离前线越来越近了。已经可以听见远方传来的大炮轰隆声。

“啊，炮声，是大炮的轰炸声，多么雄壮啊！”

男子兴奋极了，加快了脚步。

一路急走，天色渐暗，他来到一个宁静的小村庄。村庄静得连犬吠声都没有，每一户人家的门窗都紧闭着，屋外也不见一星灯火。当晚男子就在花圃旁的草棚里歇息。

他做了一个梦，梦见自己当上了大将，胸前佩戴着很多勋章，腰里别着一柄亮闪闪的宝剑，雄赳赳地骑在高头大马上……

随后，天亮了。

男子从梦中醒来，睁眼一看，面前的花圃竟然被踩得乱七八糟。这是怎么了？发生了什么事？

“唉，如此美丽的花圃，被谁糟蹋了？”

男子顺手扶起身旁被踩倒的一株丽春花，忽然发现花的根部，有一把黄铜制的军号。

男子见到军号，高兴得连花也忘记扶了，连声说：“啊，啊，就是它，太棒了！只要有了它，我在战场上就可以立功了。现在，我决定当一名军号手。”

奇怪的是，此刻太阳已升得老高，但这个小村里竟仍然不见人影，门窗也都照旧紧闭着。不过男子已兴奋得忘乎所以，对这事毫不在意。他吹起嘹亮的军号，继续向前走去。

等来到另一个小村庄时，男子已经饥肠辘辘了。

这个小村庄里，也是十室九空，仅剩下寥寥数人。

男子来到一间屋子的窗下，哀求说：“我饿极了，您可以给我一些吃的吗？”

屋里住着两位老人，他们正打算将一块面包切成两块，见男子可怜兮兮的模样，便将面包切成三块，其中一块给了男子。

“你这是上哪儿去啊？”善良的老人问年轻男子。

“我要去战场。在那里我可以当一名称职的军号手。”

年轻男子回答完，当着两位老人的面，吹起了嘹亮的军号：

嘟嘟——嗒嗒——
嘟嘟——嗒嗒——
全体集合，
挥舞战刀；

嘟嘟——嗒嗒——
嘟嘟——嗒嗒——
肩上扛枪，
手举军旗；

嘟嘟——嗒嗒——
嘟嘟——嗒嗒——
奋勇前进，
开赴战场。

嘟嘟——嗒嗒——
嘟嘟——嗒嗒——

两位老人听完，长叹一口气，说："还是不要打仗好！就因为这战争，俺们的农田被糟蹋，粮食全没了。今后的日子还不知道该怎么过呢！"

年轻男子和两位老人道别后，继续往前走。一路行来，果然到处都像老人说的那样，农田被大炮的车轮碾过、被马蹄践踏过，被损毁得一塌糊涂。

所有的村庄，都是人烟稀少，留下来的村民个个面色憔悴，形容枯槁。

男子的内心受到了极大震撼，对人们的遭遇深感同情。他决定不去前线了。

"嗯，我要想法子帮助可怜的村民们。"

男子将每个村中留下来的人，都召集到一块儿，说：

"请大家打起精神，振作起来！重新开垦被糟蹋的农田，播下麦种！"

人们听了他的鼓舞，都振作起来，开始劳动。

每天清晨，年轻男子都第一个起床。在天色尚未大亮时，他已经爬上农田中间的高岗，吹响军号：

嘟嘟——嗒嗒——
嘟嘟——嗒嗒——
全体起床喽，
天亮啦。

嘟嘟——嗒嗒——

嘟嘟——嗒嗒——
扛起锄头哟，
下地耕种唷。

嘟嘟——嗒嗒——
嘟嘟——嗒嗒——
去播种喽，
播下小麦种。

嘟嘟——嗒嗒——
嘟嘟——嗒嗒——

大家听到军号声，纷纷牵着牛马，来到田里，开始努力劳动。

不久后，播撒的种子都发芽了、成熟了。农田里麦浪滚滚，金灿灿的一眼望不到边。

盗贼与小羊羔

软绵绵的草地上，就像铺了一层青绿色的地毯。许多羊一边“咩咩”地叫着，一边在上面玩耍。

这时，一个盗贼恰巧路过草地。饥肠辘辘的他，忽然见到一只小肥羊脱离了羊群，独自在一旁玩儿。

“那只小羊羔看上去真可口啊！”

盗贼自言自语着，迅速将小羊羔偷到手，藏到怀中，随后快步走入森林。

在森林里，盗贼从怀中揪出小羊羔，举起一块大石头，准备杀羊吃肉。但小羊羔此刻完全不知危险，抬起头望着盗贼的面孔。刹那间，盗贼对小羊羔起了怜悯之心，将举在手里的石头扔到身旁的树下，接着再次把小羊羔藏到怀里，强忍饥饿，走向一个小村庄。

在骨碌碌转动的水车旁，盗贼撞见一个有不少面包的农民，便问道：“喂，我用小羊羔跟你换面包行不行？”

“当然可以。给，这是五个新鲜出炉的面包。”农民一面回答，一面从背包中取出面包。

盗贼就用小羊羔跟农民的面包做了交换。但当他看见农民粗鲁地将可怜的小羊羔提在手里时，他又改变了主意，决定不换了。

盗贼重新将小羊羔藏回怀中，嘴里嘟囔说：“算了，没办法，只好让我来抚养它了。”

说完，迈开步子继续前行。

不久天色开始暗下来，小羊羔想着妈妈的奶，叫唤道：“咩咩，妈妈，妈妈，我想吃奶。”

“真令人伤脑筋啊！我哪来的奶喂你呢？唉，只能送你回牧场了。”

盗贼说完，继续强忍着饥饿，掉头朝原路走去。

竹笋

竹笋最开始时，是长在地下的，这儿钻钻，那儿钻钻。待到大雨过后，它们就从地底下“呼呼呼”地探出头来。

咱们的故事，发生在竹笋还在地下时。

竹笋宝宝总想着去远方，但竹妈妈一直告诫它们：“不准跑去遥远的地方，只要一出竹林，就会被马蹄踏到！”

可是无论竹妈妈如何告诫，仍然有一个竹笋宝宝不停地朝远方钻啊钻。

“你怎么不听妈妈的话呢？”竹妈妈问。

“因为在远方，有一个非常优美动听的声音，在召唤着我。”竹笋宝宝答道。

“可我们没有听见任何声音啊！”别的竹笋宝宝说。

“但是我清晰地听见了。那声音美妙得无法形容。”

就这样，这个竹笋宝宝越钻越远，渐渐远离了妈妈和兄弟姐妹们。最后，它终于在篱笆外，从地下钻出了头。

一位手持横笛的男子，走到它身边，问道：“呀，竹笋宝宝，你迷路了吗？”

“不，我没有迷路。因为你吹的笛声动听极了，我才被吸引到这里的。”竹笋宝宝答道。

后来，这个竹笋宝宝长成了修长挺拔的竹子，最终变成了一支精致的横笛。

爷爷的煤油灯

在玩捉迷藏时，东一藏在仓库的角落里，结果，他在那儿找到了一盏煤油灯。

这盏煤油灯的外形十分罕见，灯座是用一根八十厘米左右的粗竹筒制成，灯芯上面的细管灯罩是玻璃做的，相当精致。灯罩中还略微残留着些许点燃过的痕迹。乍看之下，谁都不会认为它是一盏煤油灯。

孩子们都以为它是早年的步枪。

“什么东西啊？是步枪？”在游戏中扮演鬼的宗八说。

即使是东一的爷爷，起先也没瞧清楚那是什么。透过老花镜，认真地瞅了一阵子，才看清那是盏煤油灯。

当他一看清楚，便立即教训起孩子们：“瞧瞧，你们把什么给翻出来了！你们这帮小鬼头啊，只要一不注意，让你们胡玩，就到处乱摸乱翻，跟贼猫一样。来，过来，把那东西给我，你们统统到外面玩去！屋外能玩的东西多了，比如电线杆之类的，足够你们折腾了！”

孩子们受了批评，才意识到做了错事。于是，不单找出煤油灯的东一，就连住在附近的其他孩子们，也仿佛做错事般，垂头丧气地出屋来到马路上。

屋外，春日的轻风吹卷起道路的尘土，白蝴蝶拍着翅膀紧跟在慢吞吞的牛车后头。周围果然有不少电线杆，但孩子们可不想绕着电线杆玩。他们认为，如果大人说玩什么就玩什么，那就太没劲儿了。

因此，孩子们掏出口袋里叮当作响的玻璃弹珠，向广场方向快步跑去。不一会儿，玩起新游戏的他们，已经将刚才与煤油灯有关的事，全抛在了脑后。

傍晚时，东一回到家，发现那盏煤油灯正放在里屋的角落里。他心想如果再提起煤油灯，爷爷说不定又要训人，便默默地走开了。

吃过晚饭，闲着无聊，东一忽而背靠衣柜，将抽屉的拉环弄得咣咣响；忽而又到前屋自家经营的书店中，呆呆地盯着一个留络腮胡的农校老师，向伙计订一本名叫《萝卜栽培的理论与实践》的书。这书名挺难记的。

当对书店也没了兴趣后，他又跑回里屋，瞧爷爷不在，便凑近煤油灯，摘下灯罩，转动着大约有五分白铜币那么大的旋钮，使灯芯一会儿伸出来，一会儿又缩回去。

正玩得开心，被爷爷进屋看见了。但爷爷这次并未生气，而是让仆人倒好茶，然后抽出烟袋，说：“东一啊，这盏煤油灯，爷爷对它是有很深感情的。时间已经过去这么久了，爷爷差点把它给忘了，你今天把它从仓库的角落里找出来，让爷爷一下子又想起了久远的往事。像爷爷这种上了年纪的人，见到煤油灯这类老古董，真是说不出的开心啊！”

东一怔怔地盯着爷爷的脸，早些时候爷爷还为了煤油灯而责备自己呢，没想到这回竟然没有发更大的火！反倒因为重睹旧物而欢喜。

“来，乖孙子，过来坐这儿，听爷爷给你讲故事。”爷爷说。

东一最喜欢听故事，赶忙乖乖地在爷爷面前坐好。但他又觉得这个姿势，似乎自己在接受长辈说教，感到有些不舒服，于是他换了个平常在家轻松自在地听故事时的姿势：身体趴着，双脚后跷，脚背还时不时地轻叩着。

以下就是爷爷讲的故事：

***

五十多年前，也就是日俄战争时期，在岩滑新田村有一个名叫巳之助的十三岁少年。

巳之助父母双亡，也没有兄弟亲戚，孤身一人，无依无靠。他卖力地为村里人干各种活，比如替人跑腿、像女孩子那样帮忙照看婴儿、帮村民捣米等，只要是力所能及的事，他都努力去做。因为只有这样，他才能在村里生存下去。

但实际上，他从心底深处不愿意靠村民的接济过活。他时常想，自己是一个男子汉，怎么能一直给人带小孩、捣米呢？那实在没有意义。

男子汉要自强自立。但一个孩子要自立谈何容易！巳之助每天能填饱肚子，就算不错了，手里连买本书的余钱都没有，即使有钱买书，也没闲工夫阅读呀。

巳之助唯有默默地等待着自强自立的时机。

某个夏日的午后，有人喊巳之助去拉人力车。

那时，有两三个人力车夫长期在岩滑新田拉客。由名古屋拥来洗海水浴的游客，通常都是乘火车到达半田，然后在半田坐人力车到知多半岛西海岸的大野或新舞子，岩滑新田正好处于这条线路上。

人力车自然是以人力拉动，速度很难快起来，而且岩滑新田与大野之间有座山岭，所以耗费的时间更多。更何况那时的人力车车轮，还是嘎吱作响的笨重铁轮。因此，如果遇到赶时间的客人，就会出双倍的价钱，请两个车夫拉车。这次让巳之助去拉车的，就是一位赶时间的避暑游客。

巳之助将车辕上的绳索套到肩头，口中嘿哟嘿哟地吆喝着，奔跑在炎夏烈日炙烤的马路上。初次拉车辛苦得很，但他丝毫不以为意，内心反而充满了无限好奇。因为从懂事以来，他就没有走出过村子，山岭那边有个怎样的城镇，住着怎样的人们，他全都不知晓。

日暮时，他拉着人力车，终于来到了大野镇。蓝色薄暮中的人们，就像一个个灰白的小点儿。

巳之助在这个镇子里，第一次见到了许多以往从未见过的事物，特别是鳞次栉比的大商店，令他最感新奇。巳之助所在的小村子，仅有一家小杂货铺，卖的只不过是些村民日用的低档点心、草鞋、纺线工具、膏药、装在贝壳中的眼药等等。

不过，最让巳之助惊奇的是，大商店里一盏盏点亮的、像花朵般绚烂美丽的玻璃罩煤油灯。巳之助住的那个小村，大部分人家夜里都不点灯，村民们在伸手不见五指的屋里，像盲人一样摸索着找水缸、石磨、顶梁柱。家境略好的人家，就用媳妇陪嫁带来的座灯照明。这种灯的四方形灯罩是纸制的，里边放一个盛灯油的小碟子，碟子边缘露出一根灯芯，小小的火苗像樱花花蕾般，在灯芯上燃着，将四方形的纸灯罩映成温暖的橘黄色。那微光照得灯附近有少许的光明。然而，无论多好的纸灯罩座灯，灯光都没有巳之助此刻在大野镇所见的煤油灯明亮。

而且，煤油灯的灯罩，还是用当时十分罕见的玻璃制作的，比起轻易就被煤烟熏黑，而且不时会被弄破的纸灯罩座灯，不知强了多少倍。

在煤油灯亮光的映照下，巳之助觉得整个大野镇就像龙王的水晶宫一样明亮。以至于他都不愿意再回小村子了。无论是谁，一旦身处光明，便不会再想回到黑暗中。

巳之助拿着拉车得到的十五个铜钱报酬，放下人力车，徘徊在这座涛声阵阵的海滨小镇中，并为商店里明亮的煤油灯而深深陶醉。

在和服店，老板将染着山茶花图案的布匹摊在煤油灯下，供客人观赏；在稻米店，伙计们在煤油灯下一粒粒地挑拣着红豆；某户人家中，一个小女孩在煤油灯下散撒开白色的贝壳，玩着游戏；某间商店中，有人在煤油灯下串着小珠，制作念珠。人们在煤油灯那青蓝色的光芒映照下，仿佛生活在如梦似幻的童话世界，是那么美好，那么使人向往。

巳之助先前仅仅耳闻过“文明开化的世界”，今日，他才真正明白“文明开化”是什么。

一路走着，巳之助来到一家挂着各式各样煤油灯的商店门前。这家店一定是煤油灯专卖店。

手心里攥着十五个铜钱，巳之助迟疑了片刻，最后一咬牙，下决心走入店中。

“我想买那个东西。”巳之助用手指着煤油灯，说。当时他还不会讲“煤油灯”这个词。

店里的老板顺着巳之助手指的方向，摘下煤油灯。可是十五个铜钱不够买这盏煤油灯。

“可以便宜些么？”

“不讲价。”店里的老板答道。

“那就按批发价卖给我吧。”

巳之助经常向村里的小杂货铺兜售自己编的草鞋，所以清楚商品有批发价和零售价两种价格，批发价要便宜。例如，小杂货铺按每双一钱五厘的批发价收购巳之助的葫芦样草鞋，然后再以每双二钱五厘的零售价卖给人力车夫。

煤油灯店的老板万万想不到，这个陌生的少年竟说出懂行的话，不由吃惊地盯着巳之助的脸，说：“你是说，按批发价卖给你？要是你家里专门卖灯的话，是可以按批发价给你的。但对于一般顾客，照批发价卖是不可能的。”

“如果我是专门卖灯的，就可以按批发价卖给我？”

“嗯，是的。”

“那行，我就是专门卖灯的，请照批发价卖给我吧。”

老板手提煤油灯，笑道：“你这模样会是卖灯的？哈哈哈。”

“伯伯，我是认真的，从今以后，我就专门卖煤油灯了。所以求求您，今天先照批发价卖给我一盏。下次再来时，我一定向您进很多货，绝不骗人。”

老板脸上的嘲笑渐渐变成了感动。巳之助的真诚打动了他。当他详细询问了巳之助的身世后，便将煤油灯交到了巳之助手上，说：“好吧，那我就破例照批发价卖给你一盏。事实上，你这十五个铜钱即使是批发价也不够买，但你的劲头让我佩服，就贴点钱卖给你了。这门生意你可要认真去做，帮我多卖些煤油灯哦。”

巳之助在店老板的指导下，学会了煤油灯的用法，随后提着煤油灯，连夜回村。

山路荫翳黑暗，前方是成片的竹林、松林，但巳之助不再像以往那样害怕。因为他手中提着一盏明亮的、花一样的煤油灯。

而巳之助的心中，也点亮了另一盏灯，这是一盏希望之灯。他要依靠这盏文明开化的灯，让尚处于黑暗落后的村民们的生活，变得光明起来！

***

起初，巳之助的新买卖毫无进展，因为村民们对一切新兴事物，都抱持着不相信的心态。

左思右想，他决定将那盏煤油灯提到村里仅有的小杂货铺中，恳求铺里的老婆婆暂时使用煤油灯来照明，自己分文不收。

好说歹说，杂货铺的老婆婆总算勉强答应下来。她在天花板上钉上铁钉，挂起煤油灯，当天夜里就点亮了它。

过了五天左右，巳之助再次去杂货铺卖草鞋时，杂货铺的老婆婆乐呵呵地告诉他：这个叫煤油灯的东西，真是又方便又明亮，因此晚上也有顾客了，买了不少货，而且找零钱时也不会看错了。老婆婆还说，村民们通过杂货铺，已经明白了煤油灯的优点，所以已经有三个人订购了煤油灯。巳之助听完，兴奋得手舞足蹈。

接过老婆婆给的煤油灯订购款和卖草鞋的钱，巳之助飞奔向大野镇。他跟煤油灯店的老板说明情况，以赊账的方式抵补不足的货款，买回了三盏煤油灯，第一时间交给了订货者。

从此以后，巳之助的生意日益红火。

先是按订货者的订货数量，去大野镇进货。渐渐地积蓄多了，便不再按订入货，而是大量备货，时时销售。

至此，巳之助再也不需干些为人帮佣或跑腿、照料小孩的杂事了。他全心全力地投入到煤油灯生意中，并为此造了一辆像晾衣台那样带有围栏的板车，在车上挂满煤油灯和灯罩，拉着车到村里和周围的其他村子叫卖。车上的玻璃灯罩互相触碰，发出轻微的悦耳响声。

巳之助赚了不少钱，但最重要的是，这门生意令他开心满足。以往漆黑的屋子，一间间地亮起了从巳之助那里买来的煤油灯。这一盏盏灯，就像是文明开化的光明之灯，照亮了每个家庭。

巳之助自己，也成长为一名青年。过去他孤苦伶仃，没有家庭，借住在区长家的仓库。如今手头宽裕了，便盖了自己的房屋，并经人做媒，娶了个妻子。

某天，巳之助在邻村推销煤油灯，引用了一句区长说过的话："在煤油灯下，即使将报纸摊在席子上，也能看清上面的字。"

一位顾客质疑道："这是真的？"从不说谎的巳之助，决定自己验证一下。于是找区长要了一些旧报纸，平摊在煤油灯下，翻阅起来。

区长所说确实是真的，报纸上的小字在明亮灯光下，字字清晰。巳之助自言自语道："瞧，我做生意可从来没骗过人。"可是，就算灯光下的小字看得再清楚，对巳之助而言也毫无意义，因为他是个文盲。

"用煤油灯可以帮助阅读，但不识字，依然算不上是真正的文明开化。"从这天起，巳之助每天夜里都请区长教自己识文断字。

只用功学了一年，巳之助就已经可以读报纸了，文化水平和村里的小学毕业生相等。

接着，他又学会了读书。

巳之助由青年步入了中年，已经是两个孩子的父亲了。"虽然谈不上飞黄腾达，但无论如何，总算是自强自立了。"每当他如此想时，巳之助内心就有一种极大的满足感。

这天，巳之助前往大野镇采购煤油灯的灯芯，途中见五六个工人正在道路旁挖坑，然后在坑中竖起一根根既粗且长的柱子。柱子上方有两根横木，看上去像手臂一样。横木上安着很多个像不倒翁一样的白色瓷瓶。这奇怪的东西是什么呢？为什么要竖在道路边呢？巳之助边想边继续向前走，不远处又见到一根一模一样的粗柱子竖立着，几只麻雀落在横木上，叽叽喳喳地叫着。

每隔五十米左右，就竖立着一根奇怪的柱子。

巳之助忍不住好奇心，向一个正在太阳下晒面条的人打听，那人告诉他，这是电线杆，不久后一通电，煤油灯就用不上了。

巳之助听不明白，什么是电，他完全没有概念。既然电可以代替煤油灯，那么“电”应该也是灯的一种吧？但灯只要在家里点就可以了，为什么要在道路边竖起一根又一根奇怪的柱子呢？

过了一个多月，巳之助再度来到大野，发现竖立的粗柱子上，拉起了数根黑线。黑线在横木的白色瓷瓶上环绕一圈后，又被拉向下一根柱子；在那根柱子的白色瓷瓶上环绕一圈后，又拉到下一根柱子。如此反复，一路连接。

再仔细一瞧，每根大柱子上，都有两根黑线从白色瓷瓶上牵引出来，连到家家户户的房檐下。

“嘿嘿，原先还以为‘电’真的是一种灯呢。现在看来，不就是一根线么？只能给麻雀和燕子歇脚用。”

巳之助一边嘲笑着，一边走进相熟的甜酒店。霎时间，他惊讶地发现，那盏向来都悬挂在饭桌正上方的大煤油灯，被挪动到了墙角。取而代之的，是一盏奇形怪状的灯，比煤油灯小很多，用一根看上去蛮结实的线，吊在天花板上。

“这是咋回事？这儿怎么吊了个奇怪的东西？是不是原来的煤油灯坏了？”巳之助问。

“哦，吊的这是电灯啊。十分方便，又明亮、又安全，连火柴都省了。”甜酒店老板回答道。

“可是，吊着这奇怪的东西，顾客就不好分辨这是甜酒店了，客人会减少的。”

甜酒店老板猛然记起巳之助是做煤油灯生意的，急忙闭口不再称赞电灯如何便利。

“老板啊，你瞧天花板上那一块黑乎乎的地方，那是长年使用煤油灯留下的熏痕。这说明煤油灯在这里相当久了。现在怎么能因为那个所谓更方便的电灯，就把煤油灯挪到墙角去呢？真是令人伤感。”

巳之助竭力维护着煤油灯，固执地不愿承认电灯的优点。

夜幕降临了。没有人划一根火柴，甜酒店忽然间亮如白昼，巳之助被惊得目瞪口呆。因为灯光太明亮了，他还不得不转过脸去。

“巳之助，看到了吗？这就是电灯！”

巳之助牙关紧咬，盯着电灯，一直盯着，那神情仿佛是在怒视仇敌。就这样怒视了很久，连眼睛的疼痛都不顾了。

“巳之助啊，恕我直言，煤油灯无论如何也比不上电灯。要是不信，你开门瞧瞧吧。”

巳之助一声不吭，沉着脸拉开门，向大街上望去。只见全部民屋、全部商店，都和甜酒店一样，亮着明晃晃的电灯。屋中透出的亮光，照亮了街头巷尾。对长期使用煤油灯的巳之助而言，电灯实在太亮了，亮得刺眼。他强忍住心中的怒火，气鼓鼓地、久久地凝视着满街的灯光。

巳之助想：煤油灯遇到劲敌了。以往张口闭口就是“文明开化”的巳之助，却不明白电灯是比煤油灯更加文明开化的事物。再聪明的人，在面对失业的威胁时，都会失去对事物的客观判断力。

他从心底里感到害怕，自己所在的村子，不定哪天也会通电的。到时家家户户都有了电灯，村民们就会像甜酒店老板那样，要么将煤油灯挪到墙角，要么收进仓库的小阁楼去。如果这一切真的发生了，煤油灯的生意就彻底完了。

可是，当年让村民们用煤油灯，都费了那么大劲，电灯这种新事物，他们应该也会有所怀疑，有抵触情绪吧？巳之助这么一想，又稍微放心了些。

然而，只过了不长的时间，就传来了风声，大家都在说，即将召开的村民大会，要讨论关于引入电灯的事情。巳之助听了，如受当头一棒：劲敌终于杀上门了。

巳之助感到绝不能坐以待毙，于是开始在村民中散布反对意见：“电这玩意儿，是从山里头用长线拉出来的，一到夜里，狐狸、狸猫都会顺着长线爬进村，把村里的农田破坏得一塌糊涂！”

为了保住自己惨淡经营的煤油灯生意，巳之助讲了不少类似的荒唐话。每当这样信口胡说时，他自己都觉得愧疚。

村民大会开完后，决定尽快在岩滑新田村通电，巳之助又像是挨了当头一棒。他想，这打击一次接一次，老这么下去可不行，脑袋瓜会出问题的。

确实，他的脑袋瓜已经开始不清醒了。村民大会开完后的整整三天，巳之助都在白天蒙头大睡，这说明他头脑中有问题想不开了。

但他弄不清到底该怨恨谁？最后，他决定把账都算到主持村民大会的区长头上！于是满脑子都是怨恨区长的念头。即使头脑再聪明的人，在遭遇事业失败的危急关头，都会丧失理智的判断力，产生蛮不讲理的怨念。

***

夜静谧，月华如水，洒在油菜花田上。弄不清是从哪个村子中，传来声声准备春祭的细微鼓声。

巳之助故意不走大路，像水沟中的黄鼠狼，又像灌木丛中的野狗那样，猫腰向前飞跑。只有害怕被别人发现时，人才会这样鬼鬼祟祟。

由于以前曾在区长家长期借住，巳之助对区长家的布局相当熟悉。刚出门时，他就已打算好，牛棚的草房顶最适合放火。

正房里的人都就寝了，一片宁静，牛棚中也寂然无声。虽然悄无声息，但并不能断定牛是否睡着了，牛睁眼闭眼都是那么安静。当然，即使牛眼一直睁着，也不会阻碍到纵火。

巳之助身边没带火柴，他带的是火柴未普及时用的打火石。出家门那会儿，他在灶台边上找了挺久，就是没找到火柴。只好顺手把打火石带来了。

巳之助开始打火。虽然有几点火星迸出，但可能是火绒受潮的缘故，就是无法打着火。巳之助心想：打火石用起来真不方便啊！不但打不着火，还发出叮叮当当的声响，搞不好会吵醒熟睡的人。

“可恶。”巳之助低声自语道，“如果带的是火柴就好了。打火石已经过时了，关键时刻派不上用场啊。”

刹那间，巳之助像突然领悟了什么似的，再次重复自己刚才的话：“已经过时了，关键时刻派不上用场啊……关键时刻派不上用场……”

仿佛明月照亮暗夜，巳之助的脑子，顷刻间被自己的这句话照亮了。

此刻，巳之助心中豁然开朗，他终于意识到了自己的错误——煤油灯已经是被时代淘汰的旧事物，而电灯是更便利的新事物。社会在进步，文明开化的标准是依循进步原则的。自己作为日本的国民，应该为国家的进步感到开心才对。不能因为原先的生意无法再经营下去，就去阻碍社会的发展，就去怨恨其实没有过错的人，就去纵火……这绝不是一个男子汉的行为！既然由于社会的进步，要失去原先的生意，作为男子汉，就应该彻底放弃这个生意，重新从事一门对大众有益的生意！

巳之助立即返身回家。

接下来，他准备怎么做呢？

他唤醒了沉睡的妻子，让她将家里所有的煤油灯，都灌满煤油。

妻子问他：“这么晚了，干吗做这些事？”

巳之助默然不答。他清楚如果把自己要做的事告诉妻子，一定会遭到妻子的阻止。

大大小小、各式各样的煤油灯，一共有五十盏，都灌满了煤油。巳之助像往常外出推销时那样，把煤油灯挂在板车上，离家而去。这一回，他记得带上了火柴。

在通往西面山岭的道路上，有个叫作半田池的大水塘。池水饱蕴春意，月光映照下，水塘犹如银盘般闪着白光。赤杨与垂柳挺立在水塘岸边，像是在深情地凝视池水。

因为此地人迹罕至，巳之助选择了这里。

他究竟想要干什么呢？

巳之助点亮了煤油灯，然后将灯一盏盏地挂在水塘岸边树木的枝丫上，大小混杂，挂了满树。一棵挂完，再往旁边的另一棵树上挂，整整挂了三棵大树。

当夜四野无风，煤油灯静静地燃烧着，将周围照得好似白昼。鱼儿循光游来，在水中像小刀一样泛着银光。

“我的煤油灯啊，咱们就这样告别吧！”巳之助低声喃喃着。但他内心并不愿就此别离，默默地低垂双手，长时间凝望着挂满大树的煤油灯。

煤油灯！煤油灯！永远让我铭记的煤油灯，朝夕相处的煤油灯！

“我的煤油灯啊，咱们就这样告别吧！”

随后，巳之助走到水塘的对岸。只见对面五十盏煤油灯明亮地燃烧着，水面上，倒映出五十盏煤油灯的光影。巳之助呆呆地站着，又凝望了很久很久。

煤油灯！煤油灯！永远让我铭记的煤油灯！

巳之助俯身拾起脚边的一块石头，对准最大的那盏煤油灯，用力掷去。随着“啪啦”一声，最大的光亮消失了。

“你们的时代已经结束，社会进步了！”

巳之助喊完，再次捡起一块石头。紧接着，第二大的那盏煤油灯也“啪啦”一声，熄灭了。

“社会进步了，电气时代已经到来！”

第三盏煤油灯被石头击碎的那一刻，巳之助已是泪流满面，难以瞄准煤油灯了。

此后，巳之助放弃了煤油灯生意，去镇里开了一家书店，开始了崭新的事业。

***

“巳之助的书店现在还开着，当然，他已经老了，书店的日常事务都是由儿子在打理。”

至此，东一的爷爷把故事全讲完了。他喝了一口早已变凉的茶水。原来，东一的爷爷就是故事里的巳之助。东一凝视着爷爷的脸，眼睛一眨不眨。不知何时，东一改变了姿势，再次坐到爷爷面前，并不时将手轻放在爷爷膝盖上。

“余下的四十七盏煤油灯，最后都去了哪里呢？”东一问。

“这就不清楚了，有可能第二天清晨，路人见到，拿回去了。”

“那咱们家，一盏煤油灯都没剩下？”

“是啊，几乎全没了，除了这盏当时没带去水塘的台式煤油灯。”爷爷又望了望东一在白天找出来的煤油灯。

“四十七盏煤油灯都被人拿走，爷爷太吃亏了。”东一说。

“损失确实挺大。如今回想，当年似乎也没必要那么决绝。即使岩滑新田村引入了电灯，五十盏煤油灯的销量也还不成问题。要知道，岩滑新田南边有个叫深谷的小村子，至今用的还是煤油灯呢。另外，别的几个村子通电也很晚。只是爷爷那时年轻气盛，冲动起来，也不多加考虑，就砸了那些煤油灯。”

“爷爷好傻呀！”东一虽然是孙子，但依然直言不讳地说。

“嗯，是挺傻，呵呵。不过，东一呵……”爷爷将搁在膝盖上的烟袋，抓到手里，说：“爷爷这么做虽然比较傻，但爷爷一直认为以这样的方式彻底放弃煤油灯生意，是相当果断的。必须明白的是，日本在进步，既然原先的生意已经落伍过时，就应该干脆爽快地放弃。不能老是顽固守旧，总惦记着以往的生意兴隆，敌视社会进步带来的新兴事物。这么没志气的事，爷爷绝不会做！”

东一沉默无言，仰头凝视着爷爷虽瘦小却坚定的面庞，过了片刻，说：“爷爷，您真了不起！”

说完，东一就像对待好朋友一样，亲热地望着身旁的旧煤油灯。

小熊

大雪过后，猎人进山打猎。一只兔子闯入了他的视野，他赶忙在林间小径上拔步急追，终于猎杀了兔子。

猎人将兔子的尸体塞进布袋中，然后在树下休息片刻，起身回家。

等到翻过山涧，回到山这边时，他才发现自己把帽子弄丢了。仔细一想，可能是刚才休息的时候，忘在树下了。于是他就朝山那边望去，远远望见在那棵树下，也有一个身影在朝自己这边眺望。

“喂——”猎人向山那边喊道。

“喂——”山那边回应道。

猎人掉头，向山那边走去。

“喂——喂——”他边走边喊。

那棵树下的身影，也挥手喊道：“喂——喂——”

翻过山涧，猎人又喊了一声，但山那边的身影却不再回应，只在树下兴高采烈地手舞足蹈。

猎人走到树底下，认真一瞧，登时吓得够呛。原来和自己打招呼的竟是一头小熊，头上正戴着自己遗失的帽子。猎人惊得呆若木鸡，小熊却友好地摘下帽子，走到猎人身旁，将帽子还给了猎人，然后转身朝深山走去。

猎人在心中暗暗感激小熊。他再度掉头，翻过山涧，回到了山这边。

他朝着小熊大步远去的方向喊道："喂——"

很快，他就听到了回应："喂——"

一张明信片

这张明信片，是放在一张外形优美的四方书桌上书写的。书桌上还有一只布偶小熊、一个浅绿的闹钟，以及一盏有着蓝色灯罩的台灯。

正在写明信片的，是一个十分可爱的小女孩，有着一双白净的小手。

“妈妈，也给老家的阿富捎带着写一张吧。”

“嗯，这想法不错。”

于是，小女孩提笔写道：

阿富，你好。

老家寄来的苹果，前几天已经收到了。非常感谢你们。

春天就快到了。

在正面写完内容，小女孩将明信片翻转过来，在背面填好收信地址及收信人姓名。

北海道某某镇蟹江村

森吉太郎先生

转

阿富收

东京市大森区0015

石川道子

接着，这张明信片就被投入了立在马路旁的邮筒中。

当晚，小女孩在柔软的床铺上睡觉时，问妈妈说：

“妈妈，我写的明信片，后天就能寄到北海道了吗？您确定？”

妈妈答道：

“小宝贝，别担心。莫说寄到北海道，就是寄去伦敦、巴黎都完全没问题。”

***

那么，这张明信片最终有没有准确送达呢？

这张明信片在东京的邮局装袋后出发，先被火车载着，运到北海道一个大邮局，随后又转运到某某镇的小邮局。接着，与其他各类信件混杂在一起，传递到小邮局的一位邮递员手中。邮递员负责把明信片送达蟹江村。

这位邮递员身穿大衣，脚蹬大长靴，背着大邮包，乍一看大家都以为他是个成年人。其实呀，他还只是个刚刚小学毕业的大孩子呢。那他为什么穿着大人的衣服和长靴呢？因为他的父亲在一个月前得了病，卧床不起，无法奔走送信，所以只能让自己的孩子顶替当班。少年便穿上父亲的大衣和长靴，成为一名小邮递员。

少年将明信片连同其他邮件一块儿塞入大邮包，开始出发送信。一路行去，地上满是寒冬未化的坚冰积雪，踩在上面嘎吱嘎吱直响。

当家家户户覆满雪花的窗户里，都亮起柔和的灯光时，少年的邮包中除了最后一张寄自东京的明信片外，其他邮件都已投递完毕。

少年低头扫了眼明信片上的地址，叹气说：

“在蟹江村呀！”

蟹江村位于小山那头的山谷中，十分偏僻，全村只有四五户以农为生的人家。极少有邮件寄到这个村。

小山并不高，但依然需要费力翻越，到返回时，一定夜深了。况且，乌云裹着大雪，已经由北方的天空涌来。

少年内心并不愿意去。但职责所在，不得不去。

漫山都是落叶松，少年脚踩一条由人踩出来的路，竭尽全力攀山越岭。冰雪中的雷鸟被少年的脚步惊动，拍打着白色双翼，自道旁的雪地掠起，飞向别处。

爬得越高，寒风越大。凛冽的冷风吹打在少年脸上，令他泪水直流。不但手指被冻得红肿，两耳也仿佛要被冻掉般疼。

翻过山顶，向下的斜坡变得十分陡峭，稍不留神便会跌跤。少年望着脚下，谨慎小心，一点都不敢疏忽，慢慢地开始下山。突然，少年脚下一滑，跌倒在地，登时顺着倾斜的山坡直滑下去，最后滑到悬崖边，“扑通”一声落入深谷。

少年咬牙要爬起身，但左腿完全无法使力，这条断腿已经麻痹了。

少年用尽全身的力气，大喊道：“喂——喂——”

慢慢地，喊声越来越弱了。

一片雪花飞舞着落到少年肩上。少年见了，登时一惊。雪花忽然开口问道：“你怎么一直在这儿，不爬上去呢？”

“我的左腿摔断了。”

“你的左腿是怎么摔断的？”

“从悬崖跌下来摔断的。”

“你为什么会从悬崖跌下来呢？”

“因为我要去蟹江村。”

“为什么这么恶劣的天气，你还要独自去蟹江村呢？”

“因为我有一张明信片要投递。”

“那张明信片上写的事情，非常重要吗？”

“这我可不清楚。”

“那你为什么一定要去蟹江村送明信片呢？”

“因为这是我的工作。”

“工作？工作是什么？”

“一时跟你说不清。”

不久，夜幕像黑色的包裹皮一样，笼罩了山顶。片片轻舞的雪花，随着黑夜一起，纷纷扬扬地飘落。

***

次日清晨，雪停天晴。

蟹江村的村民们，手持铁铲，进山寻找少年。终于，他们在悬崖下方的深谷里，发现一只冻僵的小手露在雪地上。小手中紧紧抓着一张明信片。

明信片上写着：

阿富，你好。

老家寄来的苹果，前几天已经收到了。非常感谢你们。

春天就快到了。

喇叭

有位老人，孑然一身，独自在乡下生活。

近来，他的耳朵越来越不灵光了，所以写信给住在城里的儿子说：“俺耳朵不好使了，很难听清楚声音，你帮我买一件耳朵能听见的东西吧。”

儿子找了相当长一段时间，也没有找到合适的，最后索性买了一支喇叭送给父亲，并回信说：“您将这喇叭倒转过来，把开口那头贴到耳朵上，就能听见了。”

老人开心极了，将喇叭的开口贴到耳朵上听声音。可是他的耳朵越来越不好使，最后彻底聋了。虽然如此，他仍然给儿子写信，说：“那支喇叭，俺现在听不见声音了，能不能再买支更好的喇叭？”

儿子思考后，依然送给父亲一支与上回完全一样的喇叭，并回信说：“请您将这支喇叭紧贴在耳朵上，便能听见我的声音了。”

老人依言将喇叭紧贴在耳朵上，登时高兴地嚷道：“啊，啊，真的听见了，俺一直在想念的儿子的声音，真的听见了！”

不过，那声音并非老人用耳朵听见的，而是用他的心听见的。

破旧的马车

村公所前的广场上，停着一辆破旧的马车。

车身上的绿漆，因日晒雨淋已经剥落，金属箍也生满了铁锈。

马车旁，经常有很多孩子在嬉戏。

有些孩子在玩捉迷藏时，就藏到马车里；也有些孩子则把马车作为玩累了休息的地方。

有时，孩子们还牵着马车在广场上来来去去。这时马车便会发出嘎吱嘎吱声。

某天，村长由村公所出来，瞧了瞧马车，说："孩子们，在你们尚未出生也没有汽车的年月里，这辆马车每天往返于城市与咱们村之间的驿站，你们的父母都曾坐过它呢。"

村长顿了顿，接着说："但如今这辆马车已经相当破旧了，这是有目共睹的。再这么废弃下去，过不了多久它就会完全坏掉。所以在那之前，我想让大家都看看它曾经每天往返的路线，然后再烧掉它。"

孩子们全都表示同意。

于是他们找来一根粗绳，在马车上绑好，口里“哟嘿哟嘿”地喊着，牵动马车。村长走在牵马车队伍的最前面，口里也“哟嘿哟嘿”地喊着。

马车发出嘎吱嘎吱声，被牵着在道路上前行。

路两旁家家户户的人们，见到自己从前坐过的马车被孩子们牵着前行，都不由自主地放下手头的事儿，来到户外，目送着破旧的马车远去。

一支头簪

有个小女孩，站在池塘边，向水中俯视。

池水中，有一条鱼儿在游动。

“啊！”

小女孩突然一声惊叫。原来插在她头上的发簪掉进了水里。

头簪沉了下去，落到鱼儿身旁。

小女孩向鱼儿恳求道：“鱼先生，请帮我捡一捡头簪，好吗？”

鱼儿问：“你刚才说那叫什么？”

小女孩答道：“那叫头簪，是插在头上的饰品。”

“很贵重吗？”

“是的，对我而言，是十分珍贵的东西。”

鱼儿听了，心生贪念，打算将头簪据为己有。

“我可不帮你捡，你自己去捡吧。”

小女孩不知所措，因为水太深了，她没办法下水去捡。最后小女孩泪流满面地离开了。

鱼儿觉得这回甜头挺大的。

“我也把它插头上看看。”鱼儿一面自言自语，一面将头簪插到头上。可是直到这时，它才发现鱼类的脑袋，插不了头簪。

与此同时，它也明白了，某些东西对别人来说很宝贵，但对自己而言，可能一无是处。

第二天，小女孩再次来到池塘边。

鱼儿叼着头簪，浮出水面。

“对不起，是我错了。这是你的头簪，现在还给你。”

小女孩开心极了，连声向鱼儿道谢。

流星

冬夜寒冽，滴水成冰，在冷风呼啸的天幕中，三颗并列的小星星正在争吵。平常它们仨的关系可好了，但这次由于中间的那颗星星总是说："好冷呀，好冷呀！"所以另外两颗星星就开始取笑它。

这时，在结了冰的田野中，夜鹰忽然"噢"的一声鸣叫。中间的那颗星星听了，一言不发，径直向下方冲去。

"它到底去什么地方了？"

"是呀，连声招呼都没有，想走就走了。"

"大概是天太冷，跑去买手套了。"

"嗯，没错。它应该过不多久就回来了。"

留在天上的两颗星星，虽然嘴里说得轻松，但内心却忧虑不安："它不会是因为被我们嘲笑，这才跑走吧？"

过了好长一段时间，失踪的星星一直不见回来。因为，它是一颗流星。

又过了一个多月，这晚，两颗星星仍然默默地寻找着去向不明的星星。

“啊，它在那里！”

“哦，在哪里？”

“瞧，在那里啊！”

在天空下方很远很远的一座城市里，有一条狭窄的马路，那里有一个东西正在闪着亮光。

“瞧瞧去。”

“嗯！”

于是两颗星星从高不可攀的夜空中，落到寒风凛冽的城市里。但事实让它们失望了。

原来，在马路上闪着亮光的东西，并不是失踪的那颗星星，只是一块玻璃瓶的碎渣。

当晚，田野中的那只夜鹰，依然在鸣叫着。

马厩旁的油菜花

在马厩的窗外，长着一株油菜花。虽然尚未开花，但已结满了花蕾。

春天即将到来，马厩外的阳光一日比一日暖和，黑色的土壤升腾起白蒙蒙的地气。

油菜花的花蕾们，在芳香中渐渐鼓起。

“快了，快开了。”一朵花蕾细声细语地说。

“嗯，不久就能见到外面的世界了。”另一朵花蕾回应说。

花蕾们还从没见过外面的世界呢。所以她们不知道世界分为天空与大地，也不知道在天地之间有被称为人类的聪明的高等动物，还有被叫作小鸟的温顺的动物，更不知道她们自己将变成一种被称作花的美丽植物。

每一朵花蕾都在遐想着：“外面的世界到底是什么样子呢？”

这时，一只云雀从对面的麦田中，展翅飞上云霄，这可是今年第一次。当它飞到谁也望不见它的身影那么高时，开始用动听的歌喉唱起歌："啾啾、啾啾、啾啾、啾啾——"

云雀的歌声自高空飘下，仿佛金色的雨丝般，落到马厩旁的油菜花上。

"太美妙了，这歌声真悦耳啊！"

"到底是谁在用这么美的嗓音歌唱呢？"油菜花蕾们陶醉其中，彼此窃窃私语。

一个响亮的声音忽然在花蕾们的头顶上说："是云雀。"

花蕾们吃惊不小，顿时变得沉默了。但过了片刻，她们定下神来，又互相窃窃私语说："刚才是谁的声音那么大呀？"

"那家伙一定很可怕。"

刚才那个响亮的声音又说话了："我可不是什么可怕的家伙，我是马。"

不过花蕾们此刻完全不明白什么是"马"。

春雨如烟般轻柔，淅淅沥沥地下了两三天。雨停后，阳光直照下来，比先前更加暖和。

终于，长在最上端的花蕾睁开了眼睛，绽放成了花朵。紧接着，由上至下，花蕾们陆陆续续全都开花了。

"呀，真刺眼啊！"

当她们刚睁眼时，都不约而同地这样叫道。因为她们第一次见到与以往全然不同的世界，这个世界光芒四射、璀璨夺目。

等到她们习惯这个世界的强光后，就开始认真地观察起四周。她们看到了树木、农田、马路、房屋、天空、水等新鲜的事物。这一切看上去都是那么美好，花朵们都为自己能诞生在如此美丽的世界而开心。接着，她们又彼此打量，互相闻着身上散发出的芳香。当她们看清大家的衣裳都是相同的嫩黄色，比其他树木、野草更加漂亮时，就越发觉得开心了。

这时，响亮的声音再度从花朵们的头顶上传来：

“呀，你们开得好美啊！”

花朵们觉得这个响亮的声音是那么熟悉，抬头一望，只见一匹高大的、态度和蔼的母马，正从马厩的窗户中伸出头来。花朵们没想到原以为很可怕的邻居，竟是这么温柔的动物。

一朵花说：“马阿姨，这世界真是太棒了，美好极了！”

母马回答道：“的确如此。我也希望我的小宝宝能尽快见到这个美好的世界。”

“嗯？阿姨要生小宝宝了？”

“其实我的宝贝已经出生了，只是还没睁开眼睛。”

花朵们都想瞧瞧马阿姨的小宝宝，可是窗户太高了，她们无论如何也看不到马厩里面。

马阿姨忽然说：“哎呀，花儿们，为什么还有一个花蕾没开呢？”

花朵们吃了一惊，急忙环顾四周：“哪儿？在哪儿？”

“看，在那边啊。”

仔细一瞧，果然在油菜花的根茎处，还有一个小花蕾未开。

“她怎么了？”

“还在睡呢。”

“她好像还不知道我们都睁开眼睛了。”

“她似乎也不知道春天已经来了。”

于是花朵们开始叫唤尚未开花的小花蕾。

“还没开花的小花蕾，春天来啦，快绽放吧。”

“还在沉睡的小花蕾，快快醒来吧！”

只听小花蕾答道：“嗯，我已经醒了。”

“呀，那立刻出来吧。”

很快，那个花蕾裂成了两半，从里头飞出一个东西。但令花朵们惊讶的是，这朵“花”穿的竟然不是和大家一样的黄衣裳，而是洁白的衣裳。

“哎呀，怎么回事？你的花瓣为什么是白的？”花朵们十分奇怪。

马阿姨从窗口探过头来，说：“她不是花，她是蝴蝶啊！”

那的的确确是一只蝴蝶。和花儿相比，蝴蝶的不同之处在于她有翅膀，能够自由飞行。等到这只蝴蝶的翅膀完全长好，她就能乘风来去，飞过马厩的屋顶，飞到小河的上空。由于她与油菜花的花蕾从小就在一块儿，所以她对花朵们有着很深的感情。

不会飞的花朵们说：“小蝴蝶，马阿姨的小宝宝不知道睁开眼睛了没有，请你飞去看看，好吗？”

蝴蝶立即从窗户飞入马厩。

“马阿姨，你好。”

“呵呵，是小蝴蝶呀，你好。”

“您的小宝宝，眼睛睁开了吗？”

“今天早上总算睁开了。”

蝴蝶一瞧，果然小马驹正静静地躺在干草堆里，睁着一双圆圆的大眼睛呢。

骆驼

某天晚上，一位游客来到老张家，问道：“您可以留我过夜吗？”

老张心地善良，热情地接待游客歇宿。

次日清晨，尚未天明，游客就动身离开了。

可是他临走时，错将老张的毛驴牵走，而把自己的骆驼留在了村里。

等到天亮，全村都乱了套。村里人一齐跑到老张家，七嘴八舌议论说：

“这是咋回事呀？怎么驴背上竟然生肿瘤了？”

“还有，驴脖子怎么也变得那么长了？”

原来村里所有人，以前都没见过骆驼。

傍晚时，村里最老的长胡子老爷爷来了。

老人家由骆驼的肚子下方，仰望夜空群星，说：“真是不得了，这怪兽乃千年一出的‘忽闪’！瞧，天那边的星星忽闪了两下，这足以证明我的话是对的。据说‘忽闪’出现一个月后，就会有大战乱爆发！”

村里的人都吓得目瞪口呆。

“太可怕了！”他们赶紧跑回家，将金银财宝全部埋到地下。

一个月后。

村里所有人都浑身颤抖地躲在地板下。

老张也顶着一口锅，躲在井里。

下午过去了，夜晚也过去了。

战争根本就没有发生，不但如此，连马嘶声都没听到。

这段时间里，骆驼一直都悠闲地在马厩中眯眼休息。

狐狸

一

七个小孩在月夜赶路。

他们的年龄大小不一。

明月当空，月光映照下，孩子们的小小身影投射在地上。

他们看到地上自己的影子，都在心里默想：呀，头这么大，腿那么短。

有几个孩子感到十分滑稽，忍不住笑出声；另外几个孩子，见影子的模样这般难看，就特意跑两三步要看个究竟。

如此月夜，孩子们都会产生梦境般的幻想。

这些孩子，是从自己所在的小村子出发，到半里外的本乡[①]去逛庙会的。

当他们爬上开凿的山路时，一阵悠扬的笛声，随着春日的晚风，徐徐传来。

---

① 本乡：东京都文京区的町名。

孩子们不禁加快了步伐。

其中一个孩子落后了。

“文六，赶快跟上来。”

其他的孩子大声催促。

虽然月光朦胧，但依然可以看出文六是个身材瘦弱、皮肤苍白、眼睛大大的文静孩子。他努力地要赶上大家。

“可我穿的是妈妈的木屐啊！”

最后，感到委屈的文六开始撒娇了。瞧，他细长的两腿下，果然穿着一双宽大的成年人的木屐。

二

不久，终于到了本乡。路旁有家木屐店。

孩子们走进木屐店，想帮文六买双木屐。这件事是文六的妈妈拜托大家的。

“喂——大婶。”

义则噘嘴朝木屐店的老板娘叫道。

“这家伙，是木桶店老板清先生的儿子，请帮他选一双木屐吧。他妈妈回头就会来付钱。”

为了使老板娘能看得更清楚，大家把木桶店清先生的儿子推到了前面。那孩子正是文六。文六眨了两下眼，呆呆地站着。

木屐店大婶扑哧一笑，从陈列架上取下一双木屐。

这双木屐的大小，对文六而言是否合适，必须穿上脚才清楚。义则像父亲一样，帮文六试起木屐来。文六是独生子，一直都被娇生惯养着。

文六刚穿好新木屐，一个驼背的老婆婆走进店中忽然说了句：“哎呀呀，虽然不知这是谁家的孩子，但在夜里穿上新木屐，一定会被狐狸附体的。”

孩子们大吃一惊，一起望着老婆婆的脸。

“胡说，这怎么可能！”义则立刻反驳。

“那是迷信。”另一个孩子也跟着反驳。

孩子们嘴上虽这么说，但脸上仍然露出担忧的神色。

木屐店大婶忽然接过话，说：“既然这样，那就让我念咒，帮你们驱邪吧。”

说完，她口中念念有词，做了个划火柴的手势，轻轻碰了碰文六新木屐的鞋底。

“行了，如此一来，不管是狐狸还是狸猫，都不会附体了。”

孩子们就这样离开了木屐店。

三

孩子们边吃棉花糖，边看童女在舞台上跳舞。那童女动作迅速，令人眼花缭乱地转动着两把扇子。她脸上浓妆艳抹，涂了雪白的香粉，仔细一看，原来就是多福澡堂的多奈子。孩子们交头接耳说：“那个童女，其实就是多奈子嘛。嘿嘿。”

他们看腻了童女，就跑到灯光昏暗的角落，燃放烟花，还把摔炮朝石壁上扔。

舞台的照明灯周围，许多飞虫环绕飞舞。认真点看，还会发现有一只土黄色的大蛾，正紧贴在舞台正面的檐下。

在花车的尖窄处，当三番叟[①]人偶开始跳舞时，神社中的人越来越少，烟花和气球的声音，也逐渐低了下去。

孩子们在花车前排成一排，抬头仰望着人偶的脸。

人偶的脸和大人或者小孩的都不相同，乌黑的眼珠仿佛真的一样。它不时还会眨几下眼睛，那是因为人偶的操纵者，在人偶背后牵动提线的缘故。尽管孩子们对此都很清楚，但不知为什么，当人偶眨眼时，他们还是会感到悲伤、恐惧。

突然，人偶张开大嘴，吐出长舌，而后在一瞬间又闭上了嘴。嘴里头一片猩红。

孩子们当然明白这是在人偶背后提线的人干的。此时要是在白天，他们一定会觉得十分有趣，并且哈哈大笑。

但现在孩子们完全笑不出来。在混杂着各种影子的灯笼亮光中，人偶好像活了一般，又是眨眼，又是吐出长舌……横看竖看，都是那么可怕。

——孩子们忽然想到文六的新木屐。那个老婆婆说，在夜里穿上新木屐，一定会被狐狸附体的。

孩子们发觉自己已经玩了很长一段时间，必须回家了。况且，还要再走半里的山路呢。

四

回家的路上，依然明月当空。

可孩子们再也没有来时那么起劲了。他们沉默着，似乎都

① 三番叟：祈求天下太平、五谷丰登的神舞。

在各自想着心事，一言不发地走着。

当他们再次爬上那条开凿的山路时，一个孩子在另一个孩子的耳边，说了一句悄悄话；然后，另一个孩子又凑到别的孩子耳边，转述了悄悄话；接着，那个孩子又向别的孩子转述——就这样，这句悄悄话除了文六外，其他孩子都知道了。

那句悄悄话是："木屐店的大婶并没有真的帮文六的木屐驱邪，只是装装样子而已。"

孩子们继续默默地走着。除了文六之外，其他人都在暗想：

——被狐狸附体究竟是怎么回事呢？是狐狸会钻进文六的身体里？尽管文六的身体、相貌还和以前一样，但他的心变成狐狸的了？如果是这样，搞不好现在狐狸就已经附在文六身上了。文六虽然一声不吭，大家无法知道真相，但很可能他的心已经变成狐狸的心了。

相同的月夜、相同的山路，令每个人心中所想都差不多一样。大家都不由自主地加快了脚步。

"咳。"

当走到被矮桃林环绕着的池边小径时，孩子中不知是谁轻轻咳嗽了一声。

由于大家走路都是静悄悄地，所以即使是十分轻微的声音，也听见了。

于是，除文六之外的孩子，开始偷偷询问是谁发出的咳嗽声。结果——他们发现是文六轻咳了一声。

是文六的咳嗽！这声咳嗽有没有特殊的含义呢？孩子们禁

不住这么想道。再认真一想，那似乎不像咳嗽声，倒挺像狐狸的叫声呢。

“咳！”文六又轻咳了一声。

这下子，大家都认定文六变成狐狸了。想到有只狐狸在身边，孩子们都万分害怕。

五

开木桶店的文六家，距离其他孩子的家稍微远点，孤零零地坐落在湿地当中，周围是一大片蜜橘园。在以前，孩子们都会特地绕过水车那段路，将文六一直送到家门口。因为文六是木桶店老板清六的宝贝独生子，从小就娇生惯养。文六的妈妈经常请大家吃蜜橘和点心，然后拜托大家找文六一块儿玩。所以今晚大家去逛庙会前，就来到文六家，接他一道去。

现在，孩子们终于走到了水车前。水车旁是一条长满草的狭窄小路，从小路下去，下边的路就通往文六家。

但今晚似乎没有人注意到文六的存在，谁都不愿意送他回家。并不是大家忘了，而是由于害怕他。

尽管如此，平时很喜欢撒娇的文六，依然以为热心肠的义则会送自己回家。因此他一边频频回头张望，一边绕着水车走。

但最终没有任何人送文六。

不得已，文六只好孤身走下洒满月光的湿地小路。青蛙不知在什么地方呱呱地叫着。

其实，这里距离文六家已经很近了，即使没有人送也不打紧。可是，往常朋友们都有送他回家，偏偏今晚不送……

文六虽然看外表有点呆头呆脑，但他心里什么都清楚。大家刚才交头接耳说的悄悄话，一定是关于木屐的事；还有，自己咳嗽之后，大家的态度明显发生了变化。

买木屐前，朋友们对自己的态度那么友好，但由于老婆婆说自己在夜里穿上了新木屐，从而有可能被狐狸附体，竟然谁都不理睬自己了。文六觉得难过极了。

义则比文六高出四个年级，为人十分热忱，以往只要一见到文六冷得发抖，就会立即脱下自己的外套（乡下孩子在感到冷时，总是在衣服外面再披件外套），披到文六身上。然而今夜无论文六如何咳嗽，义则都没有把外套脱下给文六披的意思。

文六走到自己家屋外的罗汉松篱笆前，打开院后的小木门，正打算入屋，忽然瞧见了自己倒映在地上的小小影子，顿时生出担忧之心。

或许，狐狸真的附在了自己身上。如果这事确实发生了，爸爸妈妈将如何对待自己呢?

六

今晚，爸爸去桶业公会未回，所以文六与妈妈先去休息。

尽管文六现在读小学三年级了，但依然跟妈妈一起睡。没办法，独生子嘛，娇气得很。

“把今天看庙会的事儿，说给妈妈听听。”妈妈帮文六整了整睡衣的领子，说。

每当文六回家，妈妈都会问起白天的事。从学校回来，就问学校里的事；从城里回来，就问城里的事；看电影回来，就问电影的事。文六笨嘴拙舌，讲起来总是结结巴巴的。但妈妈依然饶有兴致地听儿子讲述见闻，并且听得津津有味。

“那个童女，我仔细一看，发现她其实就是多福澡堂的多奈子。”文六说。

妈妈看上去很高兴，笑着问：“接下来呢？还有没有熟人上台表演呢？”

文六似乎在努力回想，眼睛瞪得老大，怔怔地出神。接着便不再提庙会的事，而是问道：“妈妈，要是在夜里穿上新木屐，会不会被狐狸附体呢？”

妈妈琢磨着文六为什么会突然问这样的问题。她沉默地望着文六的面孔，逐渐猜到了今晚在文六身上发生了怎样的事。

“是谁说的这种话？”

文六郑重其事地重复着刚才的问题：“那种事是真的吗？”

“简直是胡说八道。只有老一辈的人才会这么说。”

“那是骗人的？”

“当然是骗人的！”

“确定？”

“确定！”

文六沉默片刻，大大的眼珠滴溜溜地转了两下，接着又问：“万一那不是骗人的，该怎么办？”

“什么怎么办？”妈妈反问道。

“万一我真的变成了狐狸，该怎么办？”

妈妈从内心深处觉得太好笑了，不禁笑出声来。

“说呀，说呀，说呀。”文六露出不好意思的表情，两只手在妈妈胸前摇晃着。

“该怎么办呢？”妈妈假装认真地考虑了一会儿，说：“既然你成了狐狸，就不能再住在家里了。”

文六听了，露出害怕的表情。

“那，我该住在哪里？”

“听说鸦根山还有一些狐狸，你就搬去那里住吧。”

“那妈妈和爸爸怎么办啊？”

妈妈继续装出一副一本正经的模样，就像大人捉弄小孩时那样，说：“爸爸和妈妈商量过啦，因为咱们可爱的文六变成了狐狸，所以爸爸和妈妈也没有人生乐趣了，我们决定不当人类了，也去做狐狸。”

“爸爸和妈妈也要变成狐狸吗？”

“嗯，明天晚上爸爸和妈妈也去木屐店买新木屐，穿上去，就变成狐狸了。这样就可以带小狐狸文六，一道去鸦根山了。”

文六又惊又喜，瞪大眼睛，问：“鸦根山是不是在西面？”

“就在成岩西南方。”

“是不是一座大山？”

“是一座到处都是松树的山。”

“山里有没有猎人？”

“你是说拿枪打猎的那些人吗？大山里头，可能会有哦。”

“妈妈，如果猎人要捕捉我们，该怎么办？”

“我们三只狐狸，躲进很深很深的山洞里藏好，就不会被猎人发现了。”

“可是，到了下雪天，就没有食物吃了。到山洞外头找食物的话，要是被猎犬发现了，该怎么办？”

“那只好拼命地逃了。”

“可是，爸爸妈妈都是大狐狸，当然跑得快。但我是小狐狸呀，跑得慢，一定会落后的。”

“爸爸妈妈会拉住你一起跑。”

“如果这样的话，速度就都慢了，会被猎犬追到的。”

妈妈沉默了一会儿，然后十分严肃地，一字一句地说出了心里话：“那么，妈妈就故意一瘸一拐地，跑在最后。”

“为什么？”

“这样子，猎犬就会追上妈妈，扑上来咬住妈妈，而猎人也会跑上来捆住妈妈。宝贝你和爸爸就能趁机逃走了。”

文六大吃一惊，紧张地盯住妈妈的脸，说：“妈妈，不可以，不可以那样做。那样我就没有妈妈了！”

“可是，这是唯一的办法啊。妈妈只能一瘸一拐地跑在最后。”

“不要，我不要。我不能没有妈妈。”

“可是，妈妈真的没有别的办法了。只能一瘸一拐地跑在最后……”

“不要！不要！不要嘛！”

文六大哭大喊，扑进妈妈的怀里，泪如泉涌。

妈妈也偷偷地用睡衣的袖子，拭去眼角的泪水，然后拿过被文六踢到一旁的小枕头，轻轻地垫在已经哭累睡着的文六的头下。

谁的影子

在城镇中央有一座广场，广场的中间有一个圆圆的影子。

两个孩子从那儿路过。

一个孩子问："这个影子是谁的？"

另一个孩子歪着脑袋，也问："呃，是谁的影子呢？"

说完，两个孩子一起离开了。

这时，一只停在邮筒上的麻雀说："那是我的影子！"

邮筒扑哧一声笑了，说："那么，请你飞一下，再来看。"

麻雀展翅飞上天空，但广场中间的影子动也不动。

"你瞧，当你飞起来后，那个影子仍然一动不动，这就证明那不是你的影子。"

"那会是谁的影子呢？"

"当然是我的。"邮筒微笑着答道。

站在邮筒背后的路灯，大笑着说："哈哈，你仔细瞧清楚，在你后面那个难看的影子，才是你的。"

邮筒扭头朝身后一看，果然，一道很难看的影子正映在那儿，这才是它的影子。它不由得脸红了。

“那影子其实是我的！”路灯说。

这时又传来一阵大笑声，响彻广场。

大家抬头一看，原来是飘浮在高空的气球在笑。

“那道又细又长，在路灯身后的影子，才是路灯的。”

接着，气球又自鸣得意地说：“那个影子是我的！”

应该没错了。瞧那影子的形状，圆圆的，的确是气球的。

哇，气球的影子，多么好看啊！

麻雀、邮筒、路灯，瞧瞧气球，再瞧瞧那圆圆的影子，再与自己的影子对比一下，都十分羡慕气球。

可是到了黄昏，日落之后，广场上的圆影子却消失了。

大家这才明白，原来是太阳创造了影子。

跛脚的骡子

老张买下一头可爱的骡子。可是当这头骡子走了一段路后，老张却发现它竟然是跛脚。

老张想不通了：“这头骡子怎么是跛的？”这时恰巧走来个聪明人，老张急忙唤住他，请他指教指教。

聪明人绕着骡子转了几圈，仔细瞧了瞧骡子的身体后，说：“这头骡子的两耳之间,有硬币那么大的一块秃斑。冷风一吹，秃斑就会着凉，所以它走起路来才一瘸一拐的。你做一顶帽子给它戴上，马上就会好。”

老张深感钦佩，心想，果然是聪明人，一看就透。于是老张赶紧用羊毛做了顶圆帽，给骡子戴到头上，然后又吆喝着让骡子走起来。哪承想骡子依然是一瘸一拐的。

老张十分恼怒，琢磨着难道聪明人骗了自己？他急得面红耳赤，牵着骡子去找聪明人讨说法。

“你不能这样骗人吧？我俺照你指点的，做了顶帽子给骡子戴上，可为什么它还是跛脚？”

聪明人镇定自若地回答："啊，你搞错啦。帽子的样式不对，会把骡子的耳朵给遮住，这样会弄疼耳朵，方法就不灵了。"

老张听了，感觉有理，于是一回到家，就立即在帽子上挖出两个洞，让骡子的两耳可以露出来。但这样弄完，骡子走路仍然是一瘸一拐的。

老张再次牵着骡子，怒气冲冲地去找聪明人讨说法。

聪明人再次镇定自若地回答："啊，你又搞错啦。把耳朵露出来怎么行呢？这样的话会冻着耳朵的。"

老张听了，感觉聪明人说得确实有理，于是用细长的袋子包好骡子的两耳。但依然无济于事，骡子还是跛的。

这下子彻底惹恼了老张，"不能再被骗了。"他这么想着，握紧拳头，闯入聪明人家中。

哪知聪明人还是镇定自若地回答："别急，别急，你又搞错啦。唉，你太笨了，你这么做，骡子就听不见声音啦。"

"原来如此！"老张觉得聪明人这回说的是真有理。可当他回到家后，却不知所措了，无论怎么想，也想不出解决的办法。要是在细长的袋子上挖洞，骡子的耳朵又会挨冻……

转眼十几二十天过去，这段时间里，老张寝食不安，脑中总在思索着如何解决骡子听不见的问题。但左思右想，就是没办法。

某天，有位村民凑巧路过他家，他拉住村民，问："你有没有办法，让俺家这头骡子能听见？"

村民回答说："这太简单了，你把帽子给它摘下，不就成了？”

老张听完，高兴地大喊：“啊，这个主意太妙了！”

他急忙将骡子头上的帽子摘下来扔掉，然后凑近骡子的耳朵，连喊几声：“喂，骡子！骡子！”

骡子感到耳朵发痒，便轻轻动了动耳朵。

老张见了，开心得直蹦起来：“太棒了，骡子能听见了，骡子能听见了！”

锤子

有位持笛的演奏者，行旅四方。靠着手中的笛子，每天站在经过的各家门前，“呼呼啦啦”地吹奏忧伤的曲子，赚取一两文旅费。

某天，他在道路旁拾到一把锤子。

“啊呀，这把锤子虽然外形和笛子有点像，但它并不能像笛子那样发出优美的音律，实在没什么用处。”尽管嘴上这么说，但吹笛人并未丢弃锤子，而是把它别在腰间，来到了下个村子。

村里传出打铁声，叮叮当当，听上去十分有气势。吹笛人走上前，见到一位铁匠。铁匠正从炉中取出红彤彤的铁块，打制铁锄。打好的铁锄靠在一旁，整整齐齐，如军人列队般。

吹笛人认真一瞧，铁匠手上握的正是锤子。他说：“看来锤子还是有用处的，至少可以用来打制铁锄。”

向前走了一阵，他又见到一群木匠在山坡上造大屋。

“哇，这屋子真大啊！哦？没想到，这座大屋也是用锤子造出来的。”原来，他望见在高坡上工作的木匠们，手中握的竟也是锤子！吹笛人十分讶异，仿佛刚刚发现般。

他接着又向前走了一阵，来到一间小鞋铺。鞋铺的老人正不知疲倦地独自制鞋。吹笛人便在鞋铺外吹起笛子，老人却说：“不要在这里吵闹了，请快点离开。”

“老师傅，您听，我吹的笛声，还优美吧？”

“是啊。但有啥用呢？”老人说完，继续紧握锤子，埋头敲打制鞋。

吹笛人喃喃自语道：“原来，锤子还可以制鞋。”

老人听了，抬头说：“是的，用锤子可以做出许多东西。而笛子的外形虽然有些像锤子，但只能滴滴嘟嘟地吹出声而已。”

“说的是。锤子能制造很多物品，而我的笛子虽然外形与它相像，但只能滴滴嘟嘟地吹出声而已。”

吹笛人踏上了前往另一座城市的路途。在路上，他挥起捡来的锤子，将笛子砸成了碎片。随后，他紧握锤子，走进了遍布工厂的城市。

母亲们

这天，一只即将成为母亲的小鸟，正在树上的鸟巢中孵蛋，母牛又走到树下，来拜访她了。

“你好，小鸟。”母牛打招呼，“鸟蛋有变化了吗？”

“还是没动静。”小鸟回答。随后她反问道：“那您呢？您的孩子也还没出生吗？”

“呵呵，我的肚子一天比一天大，估计再过十几天，小宝贝就出生啦。”母牛回答。

接着，和平时一样，小鸟和母牛又互相夸赞起各自的小宝宝。

“牛大姐，请听我说。我的乖孩子们哪，身上的羽毛一定是漂亮的深蓝色，浑身散发出玫瑰一样的芬芳。还有，他们唱起歌时，嗓子一定像银铃般悦耳动听。”

“我未来的儿子啊，双瓣蹄、花斑毛，还有条尾巴。叫妈妈的时候，‘哞哞’连声，可爱极了。”

小鸟忍俊不禁，说：“真是奇怪了，‘哞哞’的叫声哪里可爱了？况且尾巴这东西，似乎是多余的。”

“不懂别乱说。”母牛回敬道，“尾巴要是多余的，那鸟喙也一样多余。”

如果一直这样说下去，最后她们俩肯定会吵架。就在关键时刻，一只青蛙从水中跳了出来。

“你们在聊什么？聊得那么有滋有味。”绿青蛙问。

母牛和小鸟就把谈话的内容跟青蛙讲了。青蛙瞪起圆眼睛，说：“不得了，要坏事啦。”

“坏什么事？”母牛和小鸟焦急地问。

“你们的孩子即将出世，可你们不马上去学摇篮曲，竟然还在这里为无意义的话题争执。”青蛙答说。

母牛和小鸟顿时紧张起来，是啊，自己怎么这么疏忽？摇篮曲都忘记学了。可现在该找谁当老师呢？

“我可以教你们。”青蛙说。

母牛和小鸟非常高兴，立即向青蛙学起了摇篮曲。

可是青蛙的摇篮曲实在难学，母牛和小鸟一直记不住歌词。

这首摇篮曲的歌词是：

哇，哇，哇，

哇哇，哇哇，哇；

呱，呱，呱，

呱呱，呱呱，呱。

哇哇，呱呱，

哇，呱。

尽管母牛和小鸟全心全力地学，但就是无法记住歌词。最后，她们决定放弃。

青蛙劝她们说：“要学会摇篮曲，才能照顾好小宝宝啊！”

为了孩子，母牛和小鸟只好振作起来，坚持学唱“哇哇，呱呱”。就这样学到了凉爽的黄昏。

独角仙

一

一只大虫子从花田中“嗡”的一声，飞向空中。

或许是由于身子太重的缘故，它飞得很吃力，慢腾腾地向上飞去。

在飞到离地面一米左右时，它开始水平飞行。

还是因为身体太重的原因，它依然慢吞吞地，飞向马厩的拐角处。

小太郎一直盯着这只大虫子，他突然从廊檐跳下，抄起捕虫网，光着小脚丫直追过去。

大虫子飞过马厩拐角处，停在花田与麦田交界处长满青草的堤坝上。在这里，它落入了小太郎的网中。

小太郎翻开网，捉住大虫子一瞧，是只独角仙！

“啊，是独角仙，我捉到只独角仙！”小太郎高兴地喊道。

可是无人回应他。因为小太郎没有兄弟姐妹，孤零零一人。作为独生子，这种时候就显得特别扫兴。

小太郎跑回廊檐，将捉到的独角仙给奶奶看：“奶奶，我捉到只独角仙。”

坐在廊檐下打瞌睡的奶奶睁开眼，睡眼惺忪地看了看独角仙，说：“呀，一只螃蟹。”

然后又合上了眼。

“不对不对，是独角仙。”小太郎噘着小嘴大声说。

可奶奶哪管是螃蟹还是独角仙呢？是什么都与她没关系。她迷迷糊糊地随口答应，但合上的双眼一直不再睁开。

小太郎从放在奶奶膝盖上的线团里，抽出一根线，拴在独角仙的后腿上，然后让它在走廊的地板上爬。

独角仙摇摇晃晃地向前爬，慢得像蜗牛。只要小太郎一按住线，它就无法继续爬，只能咯吱咯吱地挠着地板。

就这样玩了一阵子，小太郎开始感到无聊了。应该还有更好玩的法子玩独角仙，肯定有人知道玩法。

二

于是，小太郎将草帽往大脑袋上一扣，提着捆在线端的独角仙走出家门。

时值中午，四周静谧，只有不知何处隐约传来的掸草席声。

小太郎首先去离自己家最近的金平家。金平家在桑园中，养有两只火鸡，火鸡常常会跑到院子里。小太郎很怕它们，不敢进院子，就一面从篱笆的缝隙向里张望，一面小声地叫道：“金平，金平。”

他很怕火鸡也听到，所以尽量把声音控制在只有金平能听到的程度。

但金平似乎一直没听见。小太郎只得不停地叫着。

终于，屋里有人回话了。

“你找金平呀？”是金平爸爸的声音，听起来好像在犯困，“金平从昨晚起就闹肚子，现在刚躺下休息，今天没办法跟你出去玩。”

“唔。”

小太郎用轻微的鼻音应了一声，便离开了篱笆。

他有点失望。

“不过问题不大，等明天金平的肚子不疼了，再一起玩吧。”他想。

三

接下来，小太郎决定去恭一君家，他比小太郎大一岁。

恭一君的家虽是个小农户，但家的四周种满树木，有松树、山茶树、柿子树、七叶树等。爬树是恭一君的特长，他经常爬到树上去。要是有人不知道，毫无防备地走到树下，恭一君就将山茶果往他头上扔，害得人大吃一惊。

恭一君即使不爬到树上，也常常躲在暗处，然后从背后“哇”一声跳出来，吓唬别人。所以小太郎只要一走近恭一君家，就变得小心翼翼起来。必须时刻警惕上下左右以及身后，半点也不敢疏忽地向前走。

但这回恭一君没有躲在任何一棵树上，也没有藏在任何一个暗处，然后“哇”一声跳出来。

“你找恭一呀？”在院子里喂鸡的大婶对小太郎说，“因为家里有些事，所以昨天把他送去三河的亲戚家寄住了。”

“唔。”

小太郎再次用只有自己才听得见的轻微鼻音应了一声。

怎么会这样呢？好友恭一君竟然被送去大海对面的三河某村里。

“那，他还会回来吗？”小太郎打了个喷嚏，问道。

“嗯，到时候会回来的。”

“啥时候？”

“可能是盂兰盆节，也可能是新年，届时就会回来了。”

“真的吗，大婶？到盂兰盆节或新年的时候，恭一真的会回来吗？”

有了这话，小太郎就有了希望。等到了盂兰盆节或新年的时候，就又能跟恭一君一块儿玩了。

四

此刻，小太郎正提着独角仙，爬上上坡的窄道，朝大马路走去。

车木匠的家就在大马路旁边。他家的安雄哥哥是一个正在职业学校上学的青年，不过他仍然当小太郎他们是好朋友。每次玩打仗游戏、捉迷藏游戏，这位大哥哥都和小太郎他们一起玩。安雄还有一个本事，特别受小孩子们崇拜。无论是树叶还是草叶，只要他用手骨碌碌一卷，而后放在唇边，就能吹出滴滴声。此外，不管多么没趣的东西，经过他的巧手一鼓捣，就能变成非常棒的玩具。

距车木匠家越来越近了，小太郎的心跳开始加速，他在心里琢磨着：安雄哥哥会想出怎样有趣的主意来玩独角仙呢？

小太郎将脑袋搭在跟他下巴差不多高的窗格上，向安雄家作坊的内部探视。安雄哥哥就在那儿，正和叔叔一起在作坊的角落里，用磨刀石磨着刨刀。再仔细一瞧，安雄哥哥今天还穿着工作服，系着黑色的围裙。

“不能这么用劲磨，说这么多遍了还不懂？”叔叔满脸不悦地责备说。

安雄哥哥似乎正在跟叔叔学习如何磨刀，面红耳赤地拼命干着，完全没注意到小太郎在等他。

终于，小太郎无法再等了。

“安雄哥，安雄哥！”他小声地叫着，希望只有安雄一个人听见。

可是在这么狭小的空间里，这是不可能的。叔叔当然也听见了他的叫唤声。在平时，叔叔对孩子们的态度挺和善，还会跟孩子们聊聊天。不过今天他似乎正在为别的什么事而生气，所以皱着粗黑的眉头，十分冷淡地说：“俺们家安雄呀，从今天起就是个大人了，要做正经事了，没空再和小孩子玩了。小孩子应该去找其他小孩子玩。”

这时，安雄哥哥望了一眼小太郎，微微一笑，脸上露出无奈的表情，随后又全神贯注地投入手头的工作中。

小太郎就像落下枝头的虫子一样，垂头丧气地离开了窗格。

他茫然地向家的方向走去。

五

深深的悲伤骤然间涌上了小太郎心头。

安雄哥哥从此以后再不会回到小太郎身边，他们再也不能一块儿玩了。如果是闹肚子，大概第二天就会好；如果是去三河寄住，总有一天也会回来。可一旦成为大人，进入另一个世界，就再也回不到小孩子的世界了。

安雄哥哥并没有搬去很远很远的地方，就住在同村，近在咫尺。但由今日起，安雄哥哥和小太郎就不在同一个世界了。他们永远也玩不到一起了。

小太郎心中的悲伤，像天空般深远。那空虚的感觉，不断地扩大着、蔓延着……

有些悲伤只要哭出来，就能磨灭。

而有些悲伤，是永不磨灭的。不管是哭出来，还是努力擦拭，都无法令它磨灭。现在小太郎心中所充溢的悲伤，就是这哭不出来的悲伤。

小太郎紧皱眉头，独自凝望着西山天际的火烧云，那云朵真刺眼啊！他呆呆地望了好久好久，就连独角仙不知啥时从指间偷偷溜走，都没察觉到……

郁金香

从学校回家的路上，君子得意地向朋友典子夸赞起自己家的郁金香："我家院子里盛开的郁金香，比花店里用来卖的郁金香，整整美丽五倍呢！"

"啊，真好！"典子十分羡慕。她侧着头，听君子滔滔不绝地讲着。

"我曾经拿红色的蜡笔，和红色郁金香对比，想看看哪个更红。结果呀，红蜡笔简直不能和红郁金香比，颜色又淡又刺眼。"

"是吗？"

"我妈妈告诉我，红色郁金香没准还能做成口红呢。"

"是吗？"

"典子，如果由你为那朵郁金香写生，应该可以拿到第一名吧？"

"啊？不一定哦。"

"昨天我栽剩下的郁金香球根，大概还有两三颗，我去问问妈妈，看能不能送给你。”

“太好了。”

“我妈妈肯定会答应的。”

她们边说边走，不知不觉已经来到典子家门前。

“那说好了，明天早上我就带球根来给你。”君子向典子道别后，回到了自己家。她对妈妈说了这件事，妈妈说：“行，拿去吧。”

于是次日一早，君子就拎着放有两颗球根的葡萄干空盒，前往典子家。

“典子。”君子在墙外喊着。

但回应的不是典子，而是典子的姐姐。君子正感不解，大姐姐从正门走出来，说：“典子病了，发高烧，今天去不了学校了。”

君子吃了一惊，连郁金香球根的事都忘了，急忙说声：“这样啊。”就独自上学去了。

等到放学回家，君子将郁金香球根埋入院中的山樱桃树荫下。她打算春暖花开时，再将球根送给典子。

可是典子的病一直不能痊愈。一个星期、两个星期过去了，她还是没来上学。不久，寒冬到来；紧接着，圣诞节、新年也到了；然后，春天降临了。在抬头也望不见的、高高的榉树树梢上，长出了细细的嫩芽。

这天，君子在放学回家的路上，经过典子家门前，从篱笆后传出声音，她便从篱笆的缝隙中向里头窥看。

院子里，典子身穿睡衣，在姐姐的搀扶下，正慢步行走。

她的妈妈站在走廊檐下，望着她。

“姐姐，再扶我走到篱笆那边吧。”典子说。

“走那么多步，你能行吗？”姐姐脸上充满担忧的神色。不过她对妹妹已能够走这么远，感到十分开心。于是像照顾小宝宝般，扶着典子的双手，带着她一步步走到篱笆边上。

“啊，姐姐快看，晚霞真美啊！”典子停步说。

姐姐也仰头望天，说：“确实呀。”

君子透过篱笆的缝隙，看见了典子姐姐美丽的大眼睛中泪珠晶莹。不知为何，君子也有了想哭的冲动。

“十天后，典子应该可以来上学了。”君子边想边往自己家走。等到家一看，那两颗要送给典子的郁金香球根，已经在山樱桃树荫下吐出花蕾，正含苞待放。

花树村和盗贼们

一

从前，有五个盗贼来到花树村。

时间是某个初夏的正午，新生竹将幼嫩的绿芽伸展向晴空；松蝉在松树林中“知了、知了”地叫着。

盗贼们由北面沿小河而来。花树村的村口是一片绿油油的原野，长满山楂树与苜蓿草，放牛娃和牛正在一起玩耍。见到这番景象，盗贼们确定此地是一个平和的村子，富裕人家一定不少。所以他们都高兴极了。

河水从竹林边潺潺流过，推动一架水车骨碌碌地转动着，而后又向村中流去。

等走到竹林中时，盗贼头子开口说：“那么，我就在竹林里等着，你们几个去村子里转一圈。你们都是刚入行学偷盗，所以要小心提防，别出差错。如果发现某户有钱，就认真查查他家的窗户结实不结实，有没有养狗，全都要查明白。听清楚了吗？釜右卫门。”

“听清楚了。”釜右卫门答道。

截至昨天，他还是个走街串巷的补锅匠，帮人补锅造茶壶。

“听清楚了吗？海老之丞。”

“听清楚了。”海老之丞答道。

截至昨天，他还是个锁匠，专门为人家的仓库、衣柜配锁。

“听清楚了吗？角兵卫。”

“听清楚了。”少年角兵卫答道。

他来自越后，是个舞狮艺人，截至昨天，还在别人家门口表演倒立、翻筋斗，讨一两文钱勉强糊口。

“听清楚了吗？刨太郎。”

“听清楚了。”刨太郎答道。

他来自江户，是木匠的儿子，截至昨天，还在参观诸国寺院神社的大门如何建造，学习木匠的技艺。

“那好，你们快去吧。我是老大，就待在这里抽袋烟，等你们回来。”

于是，盗贼头子的徒弟们：釜右卫门装扮成补锅匠、海老之丞装扮成锁匠、角兵卫像个舞狮艺人那样滴滴答答地吹着笛子、刨太郎装扮成木匠，一道走进花树村。

盗贼头子打发走徒弟们，一屁股坐在河边草地上，露出刚才和徒弟们说话时一模一样的贼表情，吧嗒吧嗒地抽起烟。他是个很早以前，就已经开始纵火、盗窃的真正大盗。

“截至昨天，我还仅仅是个独来独往的大盗。今天，却成了一群盗贼的老大。看起来，当老大还挺不错。做事让徒弟们去，我只要舒舒服服地躺着等，就可以了。”盗贼头子无事可干，颇感无聊，便喃喃自语起来。

过了一阵子，徒弟釜右卫门回来了。

“头儿，头儿。”

盗贼头子翻身从蓟花丛中坐起来。

“混蛋，吓我一跳。不要叫头儿、头儿，听起来就像叫大头一样。应该叫我老大。”

“实在对不起。”刚刚当上盗贼的徒弟道歉说。

“村里的情形摸查得怎么样了？”盗贼头子问。

“哎呀，老大，真是棒极了。我找到啦，找到啦。”

“找到什么？”

“村里有家大户，他家的一口大饭锅，足足能煮三斗米，值大价钱啊！还有，寺院里悬着一口很大的钟，如果砸碎至少可以造五十把茶壶！千真万确，我眼神好得很，不会看错的。要是您觉得我在撒谎，我可以造出来让您瞧瞧。”

“少吹牛逞能了！”盗贼头子训斥道，“你小子三句话不离本行，赶快收起补锅匠的习气吧！哪有眼睛只盯着饭锅和吊钟的贼啊？还有，你手里拎着口破洞的锅做什么？”

“哦，这个啊，这是我路过一家门前时，见到它挂在罗汉松篱笆上，我一看锅底破了个窟窿，登时忘了自己盗贼的身份，就对那家的女主人说，只要二十文铜钱，就能帮她补好。”

“怎么会有你这种蠢货！你要明白，你现在干的是盗贼这行，不要老把以前的活儿装脑袋里。”

盗贼头子摆出一副老大的模样，呵斥了徒弟一顿，随后又下令道：“你再去村子里转一转，摸摸情况。”

釜右卫门拎着那口破锅，又走进村子。

接着，海老之丞回来了。

“老大，在这种村子，可没啥好处捞啊！”他没精打采地说。

“为什么？”

“无论哪家，仓库门上都没有一把管用的锁，那些锁连小孩子都能轻易扭开，挂在门上完全是个摆设。如此一来，咱们的买卖就没法开张了。”

“咱们的买卖，是做什么？”

“这个……锁匠……”

“你这家伙，也是本性难移啊！”盗贼头子怒吼道。

“是，是，真对不起。”

“就是因为有这种村子，咱们的买卖才好开张。仓库的门锁要是连小孩子都能扭开，岂不是更方便咱们下手？笨蛋！赶快再进村去，查看清楚。”

“原来如此。正因为有这种村子，咱们的买卖才好开张！”海老之丞十分佩服，边说边返身进村。

随后回来的，是少年角兵卫。由于他一面走一面吹笛，所以当他在竹林那头尚未露面时，盗贼头子就知道是他。

“你怎么老是滴滴答答地吹个没完没了？身为盗贼，要保持静默。”盗贼头子斥责道。

角兵卫停止了吹笛。

“小子，你在村里看到了什么，说来听听。”

“我顺着河一直向前走，见到一座小屋，院里开满了玉蝉花。”

“嗯，然后呢？”

“屋檐下，有一位须发眉毛全都雪白的老爷爷。”

“嗯，那老头很有可能在走廊下边，藏了个装满金币的坛子。”盗贼头子自作聪明地说。

“那位老爷爷正在吹笛。那根竹笛虽然做工简易，但音色动听。我这辈子头一回听到如此优美的笛声。老爷爷见我爱听，便笑眯眯地连续为我吹了三首长曲。作为答谢，我为他接连翻了七个筋斗。”

“真够啰唆的。后来呢？”

“我夸赞说，这支笛子真好啊！老爷爷就把一片竹林指给我看，告诉我笛子就是用竹林里的竹子制成的。我按照他说的，去竹林一看，果然有几百株十分适合制笛的竹子在那儿生长着。”

“我听说从前有个故事，说是在竹林里发现了闪着光芒的金子。怎么样，你在那儿有发现金子吗？”

“我接着又沿小河向前走，望见一座小尼姑庵。庵中正在举行浇花节会，院里站满了施主，纷纷往一尊和我的竹笛一样大的释迦牟尼佛像上浇甘茶。我也上前浇了一碗，还饮了一碗。如果有茶碗，我也会给您带一碗回来的。”

“实在是啰唆，多么天真的盗贼啊！在那种闹哄哄的人堆里，你要关注的是人们的荷包和袖兜。蠢材，你赶紧放下笛子，马上再回去探查。”

角兵卫挨了一顿训，把笛子扔在草丛里，转身又去了村里。

最后一个回来的是刨太郎。

他还没开口，盗贼头子就抢先说：“你小子，大概也没查到什么好东西吧？”

“不，我找到了一个财主，大财主！”刨太郎兴奋地说。

一听到有大财主，盗贼头子立即乐开了花：“噢，大财主？”

“是啊，大财主，大财主！他有栋豪华的大屋子。”

“嗯。”

“单单说客厅的天花板，就是用一大块萨摩杉木做的。要是我父亲瞧见这天花板，不知会有多高兴呢！我两眼都看直了。”

“嘿，你还说得挺来劲。是不是想把那块天花板撬下来搬回去？”

刨太郎登时想起，自己现在的身份是一个盗贼。身为盗贼的徒弟，怎能说出刚才那些话？太蠢了。他惭愧地垂下了脑袋。

于是，刨太郎也重新回村去查看情况。

“真是受够了。”只剩盗贼头子一个人了，他仰面朝天，躺倒在草地上，自言自语地叹息道，“没想到啊！当盗贼头子也不是件容易的事！”

二

忽然，一大群孩子的叫嚷声不断传来：

“捉贼啊！”

“捉贼啊！”

“快，快捉住他。”

虽然叫喊的是小孩子，但身为盗贼，猛然听到捉贼声，盗贼头子难免做贼心虚，惊得直跳起身，大脑飞速转动：是跳到河里游到对岸呢？还是钻进竹林里躲起来？

然而，孩子们只是舞动着绳索、玩具捕棍，像一阵风似地跑过。原来，孩子们正在玩捉盗贼的游戏。

“什么嘛，不过是小孩子在玩游戏而已。”盗贼头子松了口气，“可即使是玩耍，也不能玩捉盗贼游戏呀。现在的孩子太胡闹了。这么下去，前途堪忧啊！”

由于自身是盗贼，所以盗贼头子喃喃自语地说出这番话来。随后又躺倒在草地上。

这时，有人在背后喊他：“叔叔。”

盗贼头子回头一看，是一个七岁左右的可爱男孩，牵着一头牛犊站在那儿。瞧他手脚白净，相貌出众的模样，应该不是农夫的孩子，可能是哪户大财主家的少爷，跟着仆人到野外郊游。因为对牛犊好奇，所以要求仆人把牛犊牵给自己玩。不过令人略感诧异的是，他白净的小脚上，就像要外出的旅人一样，穿着一双小草鞋。

“这头牛请你牵着。”那男孩一面说，一面迅速走近盗贼头子，突然将红色牵牛绳塞入盗贼头子手中。盗贼头子还未反应过来，动了动嘴唇，正打算说点啥。可没等话出口，那男孩已经头也不回地追赶其他跑远的孩子去了。

盗贼头子迷迷糊糊地牵着牛犊，定睛一看，不由开心地笑了。

一般来说，牛犊总是喜欢活蹦乱跳，照看起来相当费劲。但这头牛犊却出奇地温顺，水汪汪的大眼睛，老老实实地站在盗贼头子身边。

“哈哈哈。”

盗贼头子忍不住了，肚里的笑意拼命向上涌，无法抑制。

“这回呀，我可以对徒弟们好好夸耀一番了。那帮呆头蠢脑的家伙，傻乎乎地在村子里转悠时，我已经把一头牛犊搞到手了。”

说着说着，他又忍不住捧腹大笑起来。可是，尽管这是开心的笑，但眼泪却流了出来。

“呀，真奇怪。我现在明明十分高兴，怎么竟流起了眼泪呢？”

泪水不停地流啊流，无论如何也收不住。

“哎呀，这究竟是咋回事？眼泪没完没了地流，不就和哭没什么两样了吗？”

是真的！盗贼头子的的确确在哭——因为他从心底里感到高兴。他想起长期以来，自己一直遭人冷眼看待。自己走过任何地方，人们都会喊：快瞧，那个坏家伙来了。于是家家户户都紧闭门窗，垂下帘子；自己出声想打个招呼，正在聊天说笑的人们，会立即装作突然想起别的事，转过脸，沉默不语；

自己站在岸边时，就连浮在池塘中的鲤鱼，都会一转身潜入水底；有一回，自己喂柿子给一只在耍猴人背上的猴子吃，那猴子竟也一口不吃，直接把柿子丢到地上。每个人都嫌弃厌恶自己，每个人都不相信自己。但是，这个穿草鞋的小男孩，却将牛犊托付给身为盗贼的自己照看，把自己当作好人。而且这头牛犊也十分温顺，毫不嫌弃自己，把自己当母牛那样亲近，乖乖地偎依着自己。无论是小男孩还是牛犊，都对自己信任有加，作为盗贼，自己还是第一次遇上这种事。能够被他人信任，是多么令人开心的事啊……

因此，盗贼头子的心变得明亮起来，良知复苏了。童年时，他也曾有过美好纯洁的心灵，但在后来的漫长岁月中，他的心渐渐污秽变坏。这样一种善良的心态，已经很久没有了。就像原先穿着一件脏衣服，今天突然换上庆典时穿的华美盛装，那种感觉，实在太奇妙了。

——这就是盗贼头子泪水不停的原因。

又过了一阵子，到了傍晚时分。松蝉停止鸣叫，村中的白色炊烟袅袅升起，弥漫在原野上空。远处的孩子们互相喊着："不玩了，好不好？""再玩会儿吧。"多个声音混杂交织，难以听清。

盗贼头子一边在原地等着，一边在心里寻思，那小男孩是时候回来了吧？只要他一回来，我就立即招呼他，然后把这头友好的牛犊还给他，不能让他看出我是个贼。

然而，直到孩子们的叫嚷声完全消失在村子里，依然不见穿草鞋的小男孩回来。悬挂在村子上空的明月，就像一面刚刚被匠人打磨过的新镜，将光芒洒向大地。猫头鹰在远处的森林中，隔一会儿就发出两声鸣叫。

牛犊可能是肚子饿了，开始蹭盗贼头子的身体。

“我也没辙啊！我又没有奶喂你。”盗贼头子说完，用手抚摸着牛犊带有花斑的脊背，再度落泪。

就在这时，四个徒弟一道归来。

三

“老大，我们回来啦。咦，这头牛犊是咋回事？哈哈，老大果然非同一般。趁我们去村里查探的工夫，已经干成一单了。”釜右卫门望着牛犊说。

盗贼头子怕徒弟们见到自己脸上的泪水，急忙转过脸去，说：“唉，我虽然曾打算向你们夸耀一番，但这件事，实际上并非你们想的那样，这其中另有原因。”

“哎呀，老大，您难道在……流眼泪？”海老之丞小声问。

“眼泪这玩意儿，一流起来就停不了啊。”盗贼头子说着，用衣袖去抹双眼。

“老大，这回请为我们高兴吧！我们四个，完全站在盗贼的立场，用盗贼的眼光认认真真地查探了一遍村子。釜右卫门摸清共五家有金茶壶；海老之丞细心研究了五座仓库的门锁，保证只用一根扭弯的钉子，就能打开锁；至于曾经是木匠的我，瞅准了有五户人家的后板墙，用这把锯轻而易举就能锯开；角兵卫则发现有五堵院墙，只要穿上舞狮的高齿木屐，就能翻过去。老大，这回该夸夸我们了吧？”刨太郎得意地说。

哪知盗贼头子并不接话，而是牛头不对马嘴地说：“有个小男孩托我照看这头牛犊，可他到现在也没来领，实在无法等了。不好意思，请你们分头去找找那个小男孩，可以吗？”

“老大，您的意思是，要把这头牛犊还回去？”釜右卫门一脸纳闷，不解地问。

“是的。”

“盗贼竟然也做这种事？”

“这件事自有原因，你不用多问了。牛犊必须还回去。”

“老大，您要保持住盗贼的本色啊！”刨太郎说。

盗贼头子一面苦笑，一面将原因告诉给徒弟们。大家听后，都理解到了老大的心情。

于是，盗贼头子的徒弟们，决定去寻找那个小男孩。

“是一个穿着草鞋，七岁上下的可爱小男孩。”

四个徒弟问清楚后，便出发了。盗贼头子也没闲着，牵着牛犊，认真寻找小男孩。

月光下，五个盗贼牵着牛犊，为寻找小男孩，在四周朦胧可见野蔷薇和白色水晶花的村子中行进着。

也许是孩子们的捉迷藏游戏尚未结束，那小男孩没准还躲在某个地方吧？这样猜想着，盗贼们在蚯蚓爬动的路旁、小佛堂的廊下、柿子树的上方、库房里面，以及飘香的蜜橘树后，都仔细找了一遍，还向附近的村民打听。

可最终依然没有找到小男孩。村民们提着灯笼，照亮牛犊仔细辨认，结果都说在这一带从未见过这头牛犊。

“老大，这样下去，就算今晚通宵找，也找不到啊。不如算了吧。”海老之丞疲累极了，一屁股坐到路旁的大石上说。

“不行！无论如何都必须找到那孩子，牛犊非还给他不可！”盗贼头子坚持说。

“真是没辙了，现在只有最后一个办法，找村吏报案。不过，老大，您是不会愿意去那种地方的吧？”釜右卫门说。所谓村吏，照如今的话讲，就是派出所的警察。

“唔，只能如此了吗？”

盗贼头子默默思索了一会儿，随后用手抚摸着牛犊的头，说：“好，那就去村吏家吧。”说完迈步就走。

徒弟们虽然吃惊，但也只好无奈地跟随同去。

盗贼们打听到村吏的家，出来的是一位鼻尖上架着老花镜的老人。盗贼们稍微放心了些。他们在寻思着：照这样看，万一情况不妙，只要推开老人，就能溜之大吉了。

盗贼头子说明来意后，接着又道：“我们是实在找不到那孩子了，所以深感为难。”

老人将五个人的脸打量了一番，问道：“在这一带，我从来没见过你们。你们是从什么地方来的？”

“我们从江户来，打算去西边。”

“该不会是盗贼吧？”

“不，那怎么可能！我们都是跑江湖的手艺人，有补锅匠、木匠，还有锁匠。”盗贼头子慌忙申辩道。

“说的是。唉，请原谅我的失言，真是抱歉。你们当然不是盗贼，盗贼怎么可能主动送还财物呢！如果是盗贼，别人托他们照看的东西，他们一定会兴高采烈地吞没的。而你们诚心实意地送还牛犊，我却说了怀疑你们的话，实在对不起！可能是长期当村吏的职业习惯，所以总是疑神疑鬼的，只要一见到陌生人，就会立刻猜想：这家伙会不会是骗子？会不会是小偷？所以请你们别见怪。”

老人一面解释，一面道歉，然后收下牛犊，吩咐仆人牵到仓房那边。

“诸位一定旅途劳累了吧？恰好西公馆的太郎先生送给我一瓶好酒，本打算在屋檐下的走廊上一边饮一边赏月。你们来得正是时候，一块儿喝吧！”好心眼的老人这么说完，便把五个盗贼领到了屋檐下的走廊上。

于是，他们开怀畅饮。五个盗贼和村吏就像相识已久的老朋友般，愉快地有说有笑。

忽然，盗贼头子感到眼泪又流下来了。老人见了，笑道：“看来你是喝醉酒就会哭啊。而我呢，却是喝多了就要笑。要是见到有人哭，就笑得越厉害。请您千万别介意，我又要笑啦。哈哈。”

“唉，眼泪这玩意儿，一流起来就止不住。”盗贼头子眨着眼睛说。

随后，五个盗贼起身向老人道了谢，告辞而去

出门走到柿子树旁，盗贼头子仿佛想起什么似的，停住了脚步。

“老大，是不是把什么东西给忘了？”刨太郎问道。

“嗯，确实忘了。你们跟我一起回去。”盗贼头子说完，

领着徒弟们又回到村吏家。

“老先生。”盗贼头子跪在走廊上，喊道。

“怎么了？愁眉苦脸的。是喝酒时还没哭够，想再哭一次吗？哈哈哈。”老人笑道。

“我们其实是盗贼。我是老大，他们是我的徒弟。”

老人听了这话，顿时惊讶地瞪圆了眼睛。

“唉，您吃惊也是很自然的。我本来不想坦白的，但老先生您宅心仁厚，把我们当正派人看待，所以实在不能再欺骗您了。”

接着，盗贼头子将自己从前做过的所有坏事，全部坦白出来。最后他恳求说：“他们四个昨天刚刚成为我的徒弟，啥坏事都没干过。请您慈悲为怀，宽恕他们吧。”

次日清晨，补锅匠、锁匠、木匠和舞狮艺人都离开了花树村，各奔前程。他们低头向前走，心中想着盗贼头子的事：他其实是个好人啊，还是个好老大。正因如此，所以一定要遵守他在分手时最后的嘱咐：“绝对不可以再当盗贼。”

角兵卫从河边的草丛里，捡起笛子，滴滴答答地吹着走向远方。

四

五个盗贼就此改过自新。可是，先前的那个小男孩究竟是谁呢？花树村的人们，四处寻找这位使村子免遭盗贼洗劫的孩子，但最终也没有找到。后来，大家一致认定——小男孩可能就是很久以前就立在土桥桥头的地藏菩萨。证据是他脚上穿着的草鞋。为什么呢？因为村民们时常给地藏菩萨送草鞋，而发生盗贼头子事件的那天，地藏菩萨恰好刚收到一双崭新的小草鞋。

尽管认为地藏菩萨脚穿草鞋走路，是相当不可思议的事，但世上如果存在这样的不可思议之事，其实也挺好。而且，这已经是十分久远的事了，到底真相如何，并没有太大的关系。不过，倘若这事的确属实，那也是因为花树村的人们个个善良淳朴，所以地藏菩萨才会保佑他们免受盗贼侵害。如此看来，像花树村这种地方，也只有善良的人，才能够居住啊。